AF507572

El libro de los silencios
GAB
Vol. II

Niña Pez
EDICIONES

Mikitiuk, Paula
El libro de los silencios : GAB - Graciosa Ave Bohemia /
Paula Mikitiuk. - 1a ed. -
Ciudad Autónoma de Buenos Aires : Niña Pez Ediciones, 2023.
130 p. ; 21 x 15 cm.
ISBN 978-987-8273-23-5
1. Literatura Argentina. I. Título.
CDD A863

Niña Pez Ediciones, Jessica Boianover
Contacto: NinaPezEdiciones@gmail.com
⊕ www.NinaPezEdiciones.com.ar
NiñaPezEdiciones
NiñaPezEdiciones

Corrección: Jessica Boianover, Pablo Boyé

Niña Pez
EDICIONES

EL LIBRO DE LOS SILENCIOS

GAB

VOL. II

UNA NOVELA DE

PAULA MIKITIUK

Toda historia tiene un inicio, un momento clave que le da forma, más allá de lo que sucede posteriormente. Este inicio puede acontecer mucho antes de ese momento central en que nos damos cuenta de que algo está sucediendo a nuestro alrededor. Es como pensar que la flor nació el día que se abrió, cuando en realidad nuestra planta generó la flor mucho antes y ese tiempo es también tiempo de florescencia.

Si bien la belleza se encuentra en el momento en que se abre la flor, las ideas que hacen que se comprenda a la flor se encuentran en todo el proceso previo.

Stella inició una obra y cuando Beatriz formó parte de ella se gestó lo que hoy estamos disfrutando, *El libro de los silencios* a través de la vida de Gabriela o **Graciosa Ave Bohemia**, quien llegó a AAYUN de la mano de Alma. Y si bien Beatriz inició un nuevo espacio, en algunos momentos continuó aportando a AAYUN y aprendiendo de lo que sucedía en él.

Stella continuó el trabajo de su mamá, ayudando a mujeres que se encuentran rodeadas por la violencia de género, con un grupo de mujeres y varones comprometidos con los cambios en las relaciones al interior de las familias. Pero, en un punto, la apertura de nuevas situaciones abrió una puerta más grande: otras realidades de silencio comenzaron a ingresar a AAYUN.

Es entonces cuando la ilegalidad del aborto pasa a ser un problema de género ya que las mujeres son procesadas, en el mejor de los casos, y en otros, los más terribles, terminan sin vida, en manos de pseudomédicos que, en el pequeño espacio que deja la ilegalidad y las dificultades de traer un niño al mundo, ganan dinero.

En la misma línea de trabajo, Alma prosiguió el camino de Stella, siendo Gabriela su primer acompañamiento en el hospital. Gabriela había llegado quemada por su esposo, y a partir de su recuperación hoy nos entrega *El libro de los silencios, Vol. II*.

La gran acción de este tiempo de florecimiento es la posibilidad de que cada una de estas mujeres dé todo lo que puede dar y empuje a otras a dar más.

Por otro lado, la posibilidad de comprender la violencia de género abre nuevas situaciones violentas fuera de este ámbito, pero igualmente destructivas como el anterior. La **B**risa **E**ntusiasmada **A**zul del Volumen I de este libro da paso a la **G**raciosa **A**ve **B**ohemia, no sólo le abre la puerta sino que también la acompaña, la guía y alimenta con la fuerza obtenida en los primeros cambios.

Capítulo 1
Saber nuestra historia

Hoy, que la lluvia no deja de caer, decidí comenzar a contar lo que nos pasa a todas y cada una de nosotras, las mujeres que salimos, que huimos, que nos vamos de esos lugares donde no estamos bien, en busca de un mejor mundo para cada una, y arribamos a AAYUN.

No soy escritora, pero la historia de Alma me conmovió, así que tomé mi libretita y guardé algunas palabras de las que ella usó ayer en la terapia. Ahora me senté junto a la ventana a ver caer la lluvia, a mirar el parque interno del edificio, vacío a causa del aguacero, en el que los niños y niñas suelen jugar todo el tiempo.

Elegí la historia de Alma para comenzar el relato. O, mejor dicho, la historia de su mamá, Blanca, y su abuela, doña Elsa.

Alma inició ayer su relato contándonos la infancia de su mamá, quien no pudo disfrutar a la suya, dado que trabajaba con cama adentro. Para quienes desconocen el término, la señora Elsa vivió en su lugar de trabajo toda su vida, haciendo semanas de veinticuatro por siete. A veces salía, pero por un par de horas y volvía al mismo lugar que nunca sería de ella. El salario era interesante en relación a otros salarios, pero injusto, dada la cantidad de horas que trabajaba: se levantaba muy temprano y se acostaba muy tarde, casi todos los días. Al vivir con el empleador le era muy difícil dejar de hacer cosas, decir "terminó mi horario de trabajo" y simplemente sentarse a descansar. Nunca se le reconocieron las horas extras y se le descontaba del salario el uso de la vivienda y la comida. Además, en términos laborales, las relaciones eran muy complicadas, por lo cotidiano y por la cercanía diaria de las partes, que al mismo tiempo que son empleada y empleadora, comparten muchas horas y se tienen afecto.

Muchas mujeres trabajan en esta relación laboral que no se encuentra regulada y cada una de ellas se relaciona con quien le da trabajo en el lugar mismo de la vida diaria. Pensémoslo así, la abuela de Alma se iba a bañar cuando tenía tiempo, no cuando ella quería, es por ello que no podemos decir que vivía en esa casa. En realidad, sus empleadores le permitían dormir en su lugar de trabajo. Ella no dejaba su lugar de trabajo en ninguna de las veinticuatro horas del día, así que no tenía un lugar de vida, excepto cuando "visitaba" a su hija. Sólo entonces estaba en un lugar que le pertenecía, aunque nunca lo sintió propio, ya que en él vivían sus padres y su hija, no ella. Alma nos compartió que, si su abuela estuviera aquí, la ayudaría a demostrar que ella no tenía un lugar donde vivir, sino dos residencias prestadas. Una, de sus patrones, y otra, de su hija. Ella amaba mucho a su abuela, sabía lo difícil que le había sido todo y las pocas oportunidades que había tenido.

Este tipo de trabajo era muy común en el barrio donde vivía Blanca. La señora o señorita que dormía en su lugar de trabajo, en algunos casos, venía de visita muy esporádicamente y en otros, como doña Elsa, todos los fines de semana. Eso también indicaba dos cosas: que la mamá de Blanca no tenía francos y que Blanca era criada por su abuela y no por su mamá.

Como no se entendía muy bien la relación entre Blanca y Elsa, nos reunimos con Alma y Verónica para saber algo más de esas dos grandes mujeres.

Verónica nos recibió a las dos con agrado, ya que quería mucho a Blanca y a su hija. Armar historias de vida hace que pueda entender la mía, pensaba mientas charlaba con ellas. Nos sentamos en un deck a tomar la merienda, y primero recordamos las situaciones en las que Verónica y Alma charlaban con su abuela.

—Siempre fuiste la que más se preocupó por Elsa —dijo Verónica, tocándole el cabello que caía sobre su cara.

—Quise mucho a esa mujer —contestó Alma, sonriendo al pensar en su abuela.

Verónica fue narrando lo que su amiga le fue contando a lo largo de los años:

Doña Elsa visitaba a Blanca todos los sábados, el resto de la semana ella lo pasaba con sus abuelos. Con el dinero obtenido trabajando como empleada en una casa de familia y un crédito hipotecario, Elsa compró para sus padres la casa donde vivían. Así resolvió dos problemas. Primero, la atención médica que necesitaban sus progenitores, que en la provincia no había. Segundo, el cuidado de Blanca. Previamente le prestaron una casilla por un año, luego del cual Blanca y sus abuelos ya tenían un lugar propio. Los padres de Elsa estuvieron felices de ayudar, no podían creer cuando vieron el baño; ya no tendrían que salir a la noche de la casa. Y si bien la casa necesitaba pintura y otros arreglos, su papá de a poco y con poco la arreglaría.

Blanca siempre sintió que la casa era de sus abuelos, por el cariño que ponían en ella. Unos días después de la muerte de su mamá se enteraría de que, en realidad, era de ella, que su mamá la había puesto a su nombre. ¡Qué sorpresa! En esta realidad Blanca fue la que más se vio violentada por los silencios: tuvo varios y algunos muy frustrantes. Para ella, escuchar la frase "servicio doméstico" era el recordatorio de que su mamá, a pesar de los años, seguía trabajando con cama adentro y que su visita determinaba que era su día libre.

Blanca siempre fue muy ordenada y muy prolija. Yo siempre pensaba que a mí me hubiera gustado la idea de ver a mi madre sólo los sábados, pero esto le sucedía a ella y creo que hoy hasta la envidio. Para mí, como mi madre siempre estuvo y mi abuela me consentía, conocer una realidad diferente me resultaba mejor que la mía. Yo tenía la fantasía de ver menos a mi mamá.

Las visitas de Elsa no evitaban que Blanca estuviera en mi casa, para ella era un día como cualquier otro, ya de grande a mí me dio la sensación de que Blanca no quería estar con ella.

Recuerdo una mañana… Mientras arreglábamos el jardín de su abuela, nos acomodamos sobre un cantero y… Yo protestaba sobre las ideas de mi padre sobre mis actividades y Blanca me dijo: "pero lo tienes, yo ni siquiera sé quién es".

Su comentario me aplastó, las plantas temblaron y me callé de golpe. El aire se oscureció, me quedé esperando que aclarara sus dichos. Fueron unos segundos, pero para mí fue mucho más.

Al final volvió a respirar y a expresar mejor lo que había querido decir.

—Yo sé que tengo un padre, en alguna parte del planeta, no sé si está vivo o muerto, el tema es que mi madre no me dice nada sobre él.

La miré desconcertada, sus palabras llenas de tristeza y rencor me conmovieron, mi mente se cerró, mi cuerpo se tensó y sólo pude sentarme a su lado y mantenerme en silencio. Unos minutos después, mi mente comenzó a recapitular mis palabras y recordé el enojo con mi padre. Cuánto me hacía enojar, cuántas horas al día le dedicaba, contando enojos, charlas informales y momentos deliciosos compartidos. Me pregunté cuánto tiempo le quedaba a mi madre y me percaté de lo mucho que le dedicaba a él. Mi fastidioso padre se llevaba gran parte de mi día y de mi vida. Qué importante era para mí, a pesar de todo, y qué difícil era para Blanca el hecho de no tener contacto con el suyo.

En una de nuestras salidas, un sábado por la tarde, noté que mi amiga estaba tensa y pregunté al respecto. Ella sólo dijo que había discutido con su madre, a lo que contesté que lo bueno de la situación era que al final del día ella se iría y durante una semana no sabría de su persona, que yo estaba en una situación más complicada porque cada vez que discutía, luego debía cenar o desayunar a su lado. Mi amiga sonrió y en esa competencia de quién sufría más me dijo:

—Me gustaría discutir sobre cómo ir a la escuela, cómo hacer la tarea o a qué chico saludar, pero nosotras sólo tenemos un tema de discusión y ella no quiere hablar, cada día la odio más.

Sentí realmente el odio, y me asustó, así que me callé. Esa tarde, ella se había ganado el lugar de sufrimiento, y yo debía sentir pena por ella.

Recuerdo también que, en otra oportunidad, y con motivo del día de las madres, mi casa se encontraba alborotada: mis tías vendrían de visita y también mi abuela materna, ya que la mamá de papá lo iba a pasar con otro de sus hijos en otra ciudad. Yo había pedido permiso —y me lo concedieron— para comprar unos obsequios para mi madre, su hermana y la hermana de papá. La invité a Blanca y le dije, en reiteradas ocasiones, que podía decir que no. En el transcurso del paseo ambas elegimos regalos, ella para sus dos mamis —su abuela y su mamá—, y yo para las mías.

Llegado el día de las madres, las horas pasaron como pasan siempre, con expectativa por la llegada, los lindos saludos iniciales y la organización del tema central: la comida. Luego, el almuerzo con todos los recuerdos familiares de otras reuniones, hasta que lentamente cada uno se va buscando un lugarcito para realizar la siesta.

Un rato más tarde, algunos comenzaron a desperezarse y otros, a recuperar la locuacidad, la casa volvió a llenarse de voces. Mientras merendábamos, me llamó Nonina, la mamá de Elsa, para pedirme ayuda con Blanca. Como la que atendió el teléfono fue mamá, ella me transmitió la noticia y el permiso. Cuando llegué a la casa de al lado, mis ojos no entendían lo que veían, el patio estaba regado de tierra de varias macetas rotas, Nonina lloraba sentada en su reposera favorita y escuchaba los gritos de Blanca.

Me acerqué a Nonina y le pregunté qué había pasado.

Por la mañana, Elsa había llamado para avisar que la familia con la que trabajaba tenía visitas inesperadas y que debía quedarse allí, pero que estaría en casa para la merienda. Hacía unos minutos, había vuelto a llamar para avisar que no iría, ya que el tiempo que le habían dado sólo alcanzaría para llegar y volver.

Las lágrimas brotaban de mis ojos. Si hubiese visto una maceta más, la habría roto yo. Ahora entendía el odio hacia esa mamá que no podía decir "me voy, tengo una hija".

Lentamente entré a la casa, me acerqué a Blanca y ambas abrazadas lloramos un rato. Cuando nos cansamos de llorar y pudimos pensar en el mundo que nos rodeaba, Blanca me propuso tomar unos mates con la abuela, porque ella era su verdadera madre. Así que salimos al patio y, mientras se calentaba el agua, tomé la escoba y comencé a limpiar.

Con los años, ambas nos hicimos de una familia, y como yo construí mi casa pegada a la de mis padres y ella permaneció en casa de su abuela, siempre mantuvimos la relación, que con el paso del tiempo se hizo más madura. Nuestras charlas dejaron de ser de muchachos para pasar a ser de hijos, trabajo y dieta.

Blanca continuó recibiendo a su mamá los sábados, pero después de su casamiento ya no la veía cada semana, y cuando falleció Nonina los encuentros se hicieron mucho más esporádicos.

Siempre que su madre la visitaba, Blanca se ponía de mal humor, parecía que su presencia le disgustaba. A pesar de ello, su mamá siempre llevaba regalos para sus nietas y se la veía feliz de estar en casa de su hija.

Yo solía pasar un rato los sábados, como todos los días, a ver cómo se encontraba mi amiga. Generalmente disfrutaba la presencia de tu abuela, de tu hermana y de vos, ya que tu mamá siempre estaba haciendo otra cosa. Esos momentos que Blanca me cedía eran grandiosos, su mamá era jovial, amable y su charla siempre me reportaba recuerdos de mi vida de niña. Cuando me acercaba a charlar con la abu, siempre estabas vos, la primera hija de Blanca, quien la mayor parte del tiempo traía preguntas sobre la vida de su abuela cuando era pequeña. Me gustaba compartir ese momento con ustedes.

—Con los años, esta relación se hizo más intensa y valiosa para ambas. Yo veía en mi abuela un libro que me narraba en primera persona los sucesos próximos a sus vidas. Recuerdo que un día le pregunté qué pensaba sobre los aviones. Y mi abuela primero abrió los ojos regrande, luego suspiró y dijo:

—Me asustan, esos bichos grandes por el cielo, me asustan. La primera vez que vi uno tenía dieciséis años y recién llegaba desde el campo a esta ciudad, allá no había ese tipo de alimañas.

Yo ya había viajado en avión y me hubiera gustado que mi abuela se animara a subir a uno, pero ella lo veía como un monstruo.

En otra ocasión, le pregunté por los ferrocarriles y la abuela me contó que había subido a uno de muy chica y que, en ese momento, sólo los que tenían mucho dinero podían viajar en tren, "no como ahora que viaja cualquiera, hasta de colados". Yo sonreía al escuchar a mi abuela hacer esos comentarios.

Verónica retomó el relato:

—No sucedía lo mismo con tu hermana Alba, quien no quería pasar tiempo con su abuela. Además, en lugar de decirle "abuela", le decía "señora", con un duro tono que indicaba hasta cierto desprecio por ella. Un día le presté atención a esta frase: era una copia de la frase de su mamá. En realidad, era Blanca quien de vez en cuando, sobre todo cuando se sentía más enojada, le decía "señora".

Un día que Blanca vino a verme, aproveché la charla para poder comprender lo que sucedía. Alrededor de un mate me contó su preocupación:

—La patrona de mi madre se murió, y sus hijos están tan grandes como nosotras, ya no la necesitan así que se ha quedado sin trabajo. Quiere vivir conmigo, ya que se gastó todo su dinero y no tiene a dónde ir. ¿Qué debo hacer? —me preguntó con angustia en la voz.

—Yo amo a tu mamá, si no te molesta, me la traigo conmigo —contesté rápidamente.

—Ay, ay, pensá, amiga, es una extraña, no la conocés y siempre mintió sobre su relación conmigo.

—Bueno, amiga, te escucho, ¿cuál es el problema con ella?

—La relación con mi madre nunca fue buena, por muchas razones, la primera es porque no me ha dicho quién es mi padre. Pasé toda la escuela y me casé con la frase "hija natural", como nacida de un repollo. Siempre teniendo sólo su apellido.

—Bueno, pensá que, si está con vos, tal vez te conozca como yo y se anime a contarte.

—¿Sabés qué pasa? Siento que no la reconozco como mi madre, porque a la que amé como mamá fue a Nonina. Para mí, ella era la señora que venía los sábados y lo único que yo necesitaba de ella eran respuestas, que aún no las ha contestado.

El comentario de Blanca me dejó sin palabras, y me hizo entender muchas formas de ella a lo largo de nuestra vida. Sólo pude mirarla, tomar su mano y guardar silencio.

—También me molesta, y mucho, que en su lugar de trabajo no haya dicho que tenía una hija, mintió todo este tiempo sobre mí y ahora quiere que yo la ayude.

—Nonina te educó bien, no podés dejarla en la calle.

—Voy a pensarlo —contestó Blanca, dura y con pocas ganas de vivir con su madre.

—Pensalo tranquila, yo acompaño tu decisión.

—¿Sabés qué pasa? Además de no decir que tenía una hija, trabajó toda su vida para alguien que desconozco. Sin medir el tiempo y después de cuarenta años, la dejan en la calle, sin opciones, la descartan, ¡son una basura!, nunca pensaron en ella.

—¡Qué relación rara! Trabajó pila de años, se queda sin nada y no hace nada legal. Simplemente como si su actividad no hubiera condicionado su vida, se va. Deberían darle algo, ¿no?

—Sé que tiene una jubilación común desde el año pasado, pero nunca discutimos sobre las posibilidades que le negaron al trabajar con cama adentro. ¿Sabés que el sueldo es menor porque te dan casa y comida?

—¡Qué terrible! Te tienen todo el día y te pagan menos —sonreí sin querer por la avivada de la patrona.

—No te rías, en tu familia ninguna mujer trabajó de sirvienta —me contestó Blanca, ahora enojada.

—No lo dije por tu madre, sino por sus empleadores —argumenté aún con mi sonrisa en los labios, pero intentando que no se ofendiera.

—Sí, flor de vivos, me quitaron mucho tiempo de mi madre, me dejaron las migajas.

—¿Ves? Más a mi favor para que amorosamente la traigas con vos.

—Gracias, amiga, ya estoy mejor, me hiciste reír.

Dos días más tarde, Blanca recibió a su mamá. Le había limpiado la piecita de los trastos, ahora había varias cajas en su dormitorio, en el dormitorio de las chicas y en la cocina, que antes se encontraban en la piecita. Con el tiempo se acomodarían. Le compró un ropero para que pudiera acomodar sus cosas y Alma lo pintó junto con su papá de un hermoso color rosa. No pintaron la habitación, su tono verde agua se veía bien, sí le agregaron una camita y una mesa de luz. Tenía unas viejas cortinas de flores que permitían que la luz del sol pareciera más amarilla. Yo me presenté a la tarde con una torta de bienvenida para saludar a la recién llegada. Mi primera impresión fue buena, todos se veían bien, y me pareció que hasta Blanca estaba de buen humor.

Al principio, como todo lo nuevo, la relación fue linda. Con el paso de los días, observé el uso de la palabra "señora". Blanca me contaba las cosas que hacía su mamá como una forma de ayudar en la casa y en todas sus frases decía: "la señora se preparó mate y se fue al patio", "sí, la comida la preparó la señora", "hoy salí porque la señora se quedó en la casa".

—¿Qué sucede, Blanca, por qué no decís "mi mamá", "mi madre"? Usás todo el tiempo la palabra "señora", hasta suena despectivo —interrogué a mi amiga.

—Porque ella todo el tiempo habla de la señora, no habla de mí.

—Te entiendo, amiga, pero ahora vos sos la adulta y ella es la niña pequeña desvalida que está a tu lado. Vos la tenés que cuidar, vos tenés que construir recuerdos con ella.

—¿Ahora sos psicóloga y me vas a decir cómo tratar a mi madre? Vos no fuiste abandonada y dejada toda tu vida en segundo lugar. No me digas qué hacer y qué no hacer.

—Tenés razón, pero igual sigo pensando que sos muy dura con una mujer que no tuvo muchas oportunidades.

—Ella tomó sus decisiones, y cuando la familia donde trabajaba la necesitaba, ella los eligió en lugar de elegirme a mí.

Con el tiempo, su vínculo se fue fracturando poco a poco, había días que no se veían y Blanca simplemente me decía que le había preguntado a su mamá por cada una de las comidas; y que algunas, salía a compartir y otras, decía que estaba cansada. Cuando yo estaba por la casa, la llamaba a tomar un té conmigo y con su nieta Alma. Siempre era muy agradable compartir tiempo con ella.

En uno de esos encuentros, Doña Elsa recordó el día de las macetas, en realidad, el de las madres.

Elsa continuó el relato:

—Yo lo había organizado con Blanca durante varias semanas, ya que en años anteriores no había estado y parecía que la relación con ella mejoraba. Solicité el permiso con anterioridad.

La mañana del día de las madres, me levanté temprano, ayudé a María con el desayuno y me disponía a salir cuando la señora viene y me dice:

—Elsa, hoy te necesito, sé que es tu día libre y que me avisaste que tenías planes con alguien.

—Sí, señora, tengo planes.

—Llamala y decile que vas después del mediodía con algo rico para la merienda y con un extra en el bolsillo.

—¿No puede arreglarse con María y Felipa? —pregunté suavemente.

—No, no puedo, ¿quién maneja mi casa?, ¿vos o yo? —gritó.

—Usted —contesté suavemente, bajando la cabeza. Por dentro mi alma se rompía en mil pedazos, pero tenía que sostener a mi familia y no podía perder mi trabajo por el día de las madres. Blanca lo entendería, pensé.

Mi trabajo era muy demandante, ya que me encargaba muchas horas de los hijos de la familia. Ellos eran tres y los acompañaba todo el tiempo en cada una de sus actividades. Al finalizar el día y llegar al hogar, su mamá se hacía cargo de bañarlos y acompañarlos en la cena. Yo aprovechaba ese tiempo para acomodar mis cosas y ayudar a María con la comida. Extrañaba mucho a Blanca, me hubiera gustado verla crecer, pero tenía una obligación con ella y con mi madre. Si no trabajaba, ellas no comían. Con esa frase trabajé durante cincuenta años. Todo mi salario era utilizado para la manutención de mis padres y Blanca.

Un día me llamó Blanca al trabajo diciendo, como siempre le había pedido, que era una sobrina, para avisar de la muerte de mi madre. Cuando avisé, todos me dieron sus condolencias, pero tuve que trabajar hasta la vuelta a casa de los niños, a las dieciocho horas, ya que no podía dejarlos solos. Así que Blanca tuvo que hacerse cargo del servicio, traslado y elegir su último lugar. Para cuando llegué, todo estaba resuelto, el dinero que llevaba no fue necesario y su mirada de odio completó el aplastamiento de mi alma.

Con mi madre estaba clara mi necesidad de trabajar, ya que todas las semanas le dejaba dinero. Sin ella, ya nada iba a relacionarnos con Blanca, porque como ella y su esposo trabajaban, no necesitaban de mi ayuda.

Con el tiempo, algunos sábados no salía y me quedaba a ver una película con mi patrona, ella ya no salía mucho y yo dejé de ser la niñera para pasar a ser su dama de compañía. Ahora trabajaba más horas, pero eran más descansadas, ya que los niños agotan. Ellos ya estaban grandes, trabajaban y simplemente venían el día que estaban frustrados a recibir un abrazo de una amiga.

Otros sábados visitaba a mis nietas. Ellas son geniales, tan abiertas al mundo, y Alma es una chica increíble, me encanta pasar tiempo con ella.

Un día, mis chicos se sentaron conmigo en la cocina para contarme lo mal que estaba mi patrona. Mi corazón se derrumbó: mi gran compañera de la vida se estaba yendo y no había nada que hacer, sólo acompañarla. Frente a esta posibilidad, me dijeron que venderían el departamento y que me avisaban para que buscara un lugar donde vivir. El más chico se ofreció para llevarme con él.

Yo no podía pensar, mi amiga se iba y yo estaba triste. ¿A dónde iré?, pensé, no puedo quedarme con mis niños, ellos son jóvenes y tienen una vida. Así que decidí consultar con mi hija. Ella al principio se puso dura y me pareció que no quería, luego, aceptó.

Lo que más me dolía de cambiar de casa era el hecho de que no había dejado de ser "la señora", aunque con mi patrona a veces era Elsita o Elsi. Me gustaría algún día ser "mamá".

Cuando llegué a la casa que le compré a mi madre y que hoy usa mi hija —¡es increíble!—, me acompañaron sólo tres bolsas de basura, dos bolsos pasados de moda que me regaló mi patrona porque ya no los usaba y una cartera. Venía para intentar recuperar a mi hija. Es un nuevo intento, vamos a ver cómo nos va.

Cuando llegué a mi nuevo espacio, encontré que se parecía mucho a mi habitación en la casa donde había vivido y trabajado durante cuarenta años. Lo diferente era la entrada del sol, en mi antiguo lugar no tenía ventanas. Aquí tenía una hermosa ventana con unas cortinas floreadas que hacían juego con el color de la pared.

Cuando me dejaron sola, abrí mi ropero, coloqué rápidamente las bolsas adentro y luego salí a compartir el día con mi familia. Después de almorzar, pedí una escoba y me fui a limpiar el patio, las plantas me llenan de vida. No querían dármela, pero cuando entendí dónde estaba la agarré y fui al patio. Luego mojé cuidadosamente algunas plantitas, ya que había sol. Mi hija me trajo una taza de té. Nos sentamos en el patio un rato, entonces hizo el comentario:

—Espero que ahora tengas el amor suficiente hacia mí para decirme quién es mi padre.

¡Cómo me había equivocado! No debía haber venido. Ahora me tiene prisionera en mi casa y me va a preguntar todos los días lo mismo, pensé. Me tomé el té rapidito, dije que me sentía cansada y volví a mi habitación. Decidí, a partir de ese día, no volver a quedarme sola con mi hija. Cada vez que aparecía esa posibilidad, me encerraba en mi pieza y revisaba ropa. Con el paso de los días, acomodé la ropa en las bolsas varias veces, y como la vista de la ventana era linda, mientras lo hacía podía ver a los pajaritos y el patio con las plantas. A veces venías vos y me invitabas a compartir tiempo con ustedes, lo disfrutaba mucho, estos encuentros me permitían estar un rato con vos y mi nieta Alma.

* * *

Alma y Gabriela entendieron el problema que tuvieron Elsa y Blanca frente a la decisión de Elsa de no responder a la pregunta, no podían hacer nada sobre ese tema. Alma ahora comprendía mejor el dolor en el corazón de su mamá. Se comunicó con ella para invitarla a una charla en AAYUN y arregló pasar a buscarla el jueves siguiente.

El día acordado, las tres mujeres se reunieron para participar de una charla-terapia sobre el trabajo femenino. Alma estaba feliz de que varias mujeres de su vida la acompañaran, Verónica estaba feliz de salir con su amiga, y Blanca esperaba recibir algo que la hiciera entender más su relación con su madre.

En AAYUN las esperaban emocionadas. Stella, porque iba a conocer a Blanca. Griselda, porque esperaba conocer a Verónica. Y Virginia, porque esperaba encontrar un espacio para ayudar a Blanca a entender a su mamá. También participó Inés con sus estudiantes, arreglándoles las manos a las invitadas, unos minutos antes.

Blanca y Stella se reconocieron como grandes mujeres fuertes, y ambas charlaron muy animadas de Alma. Verónica se cortó el pelo y compartió con Griselda sobre el trabajo de las empleadas en casas de familia, a partir de lo que recordaba de Elsa. De la charla también participó Mabel, quien demostró tener muchas coincidencias con sus dichos. Las vidas de Elsa y Mabel se parecían. Esto hizo que Griselda comenzara a pensar que el trabajo en los hogares se realizaba de manera esclava desde hacía mucho tiempo y que su invisibilidad era sostenida por ser un trabajo poco valorado y realizado por las mujeres más pobres de la comunidad.

Al mismo tiempo, Alma, Gabriela y Beatriz organizaron la tarde preparando café, té, agua y jugos, junto con unas confituras para compartir. También se encontraban Joaquín, Edmundo y Luis, quienes por diferentes espacios acompañaban, comprendían y admiraban esta lucha que todos/as llevaban adelante.

Capítulo dos
Todo tiene un inicio

Los días han mejorado para Marisol, el clima templado colabora con la buena predisposición de todos para relacionarse. Yo vivo en el departamento de al lado y su hijo me ha acompañado en más de una oportunidad y nos ha ayudado con su frescura a resolver más de un problema. Ella ya está avanzando sobre los segundos veintiún días, en estos tiempos debe lograr ubicarse laboralmente. Lamentablemente, Marisol no tiene formación laboral, así que sus opciones de trabajo son muy pocas, por eso participó en la última semana de varios talleres de orientación y está aprendiendo a usar una máquina de coser, y parece que eso es en lo que le gustaría ocuparse.

Ahora está yendo a una entrevista de trabajo en una manufacturera de ropa deportiva. Ni en el peor de sus días ella creía que iba a ganar autonomía económica. Estaba asustada, pero segura de que por ese camino ella podría ser feliz y Federico también.

En "Sólo para ti" la recibieron muy cordialmente. Esta empresa ayudaba a AAYUN, porque a su vez la fundación los había ayudado. Dos de las asesoras del directorio habían iniciado la fundación con Stella, y el hoy director había acompañado a su hija durante los veintiún días. Esto no lo sabía Marisol, ya que la idea era que ella pudiera encontrar su lugar desde ella misma.

El secretario de Recursos Humanos realizó la entrevista con todas las dudas que tiene quien busca un determinado perfil al conocer a alguien. Él la calificó con un seis. Marisol sólo trabajó con una máquina durante una semana. La búsqueda, sin embargo, estaba dirigida a alguien que recién comenzara. El secretario esperaba a una jovencita, pero tampoco Marisol era una mujer tan grande. Luego de la entrevista, con las mismas dudas, decidió contratarla por una semana a prueba, para luego finalizar el contrato permanente. Así se lo propuso y Marisol le expresó su agradecimiento, y ofreció la garantía de que no se había equivocado.

Marisol regresó a su departamento feliz de haber dado el primer paso hacia su independencia. La esperaba Patricia, su compañera, quien se puso tan feliz como ella. Juntas seleccionaron la vestimenta que usaría al día siguiente. Cuando Federico volvió del colegio, salieron al parque para sacarse el estrés y prepararse con tranquilidad para el nuevo día.

A la mañana siguiente, al llegar a su lugar de trabajo, su supervisora, Aurora, la estaba esperando. El secretario ya le había comentado que Marisol era una recién llegada a la costura, pero que tenía mucha predisposición. Ella la asesoró y la preparó para su trabajo, la acompañó todo el día y la orientó en el espacio, le informó dónde estaban el baño, la cocina, el armario de las telas y los hilos, le presentó a sus compañeras y cosió su primera tanda de ropa. Todo lo que debía hacer era unir dos partes de manera recta y prolija, luego debía pasarlo a una compañera que se encontraba dos máquinas detrás. Su compañera inmediata era Aurora, quien realizaba las costuras que Marisol no llegaba a realizar, para que Felisa no se atrasara. El trabajo era de equipo, si podían todas ordenarse, iban a lograr la producción diaria que les habían impuesto. Hacia media mañana llegó Camilo, el hijo de Aurora, y les preparó una mesita con el refrigerio. Todas se levantaron para ir al sanitario, menos Marisol, que sentía que estaba lenta. Aurora se acercó y le dijo que frenara, su espalda y piernas necesitaban un descanso, el primer día no lo notaría, pero luego de una semana su espalda la iba a odiar.

—Soy lenta, se están atrasando —dijo Marisol, dudando de ser la mejor para estar allí.

—Sí, sos lenta, pero no como condición, sino porque recién te estás acomodando a la máquina. En unos días nos alcanzarás y tal vez, si eso te hace feliz, por una semana trabajarás cinco minutos diarios para compensar. Hoy no, es tu primer día y lo estás haciendo muy bien.

—Gracias, voy al baño —dijo Marisol con una sonrisa.

En una semana había aprendido mucho y trabajado más, así que por segunda vez le ofrecieron el puesto, ahora permanente. Al volver a su hogar, realizó una hermosa fiesta de festejo junto con su hijo y Patricia.

Marisol pensaba en cómo un pequeño giro en la vida te permite sentirte mejor. Cuando cobró su primer salario, se dirigió a la academia a hablar con Stella. Ella la recibió muy contenta después del taller de contención familiar del que participaban ambas. En él, Marisol dio testimonio del hecho de volver a trabajar y de cómo esta simple acción cambia nuestra perspectiva. Uno de los primeros lugares que los violentos nos piden que cambiemos es el laboral, con la supuesta intención de que en casa, con la familia, estamos mejor. En realidad, lo que buscan con esto es controlarnos. Previo, si es que no llegamos a ubicarnos laboralmente, aplastarán cualquier idea de formación con frases como: "¿pensás que sos buena para eso?", "no vas a ganar nada", "es un mundo superagresivo", "¿ahí te vas a meter?", "después no te quejes", todas frases de desaliento ya que, de esa manera, permanecemos aisladas. Las actividades laborales nos dan independencia económica y esto nos permite hacer lo que queramos. Sin ella, somos dependientes de alguien que en algunos casos es cariñoso y gentil, y, en otros, es quien decide sobre nuestra vida.

—¡¡¡Felicitaciones!!! —dijo Stella acercándose a Marisol.

—Gracias, por el saludo y por darme la seguridad que necesitaba.

Stella la miró con sus hermosos ojos verdes y le dijo:

—Has comenzado a salir, estoy muy feliz por vos.

—No sé, sólo quería decir lo feliz que estoy por trabajar.

—Y lo lograste, amiga, lo hiciste muy bien.

Ya en la oficina de Stella, Marisol sacó el sobre con su salario y se lo ofreció diciendo:

—Esto debe cubrir parte de lo que han gastado por mí.

—No es necesario —contestó Stella, así no trabajamos.

—Pero yo quiero hacer mi aporte para ayudar a más mujeres.

—Y lo harás, cuando estés lista, ese dinero es tuyo, lo ganaste, andá y comprate algo lindo.

—Pero…

—Mirá, cuando te mudes y tengas tu vida organizada, vamos a generar un sistema de bonos o aportes mensuales a la fundación. Mientras, es tu dinero, aprendé a gastarlo, a cuidarlo y a generar proyectos a partir de él.

—Gracias, gracias, gracias.

—Marisol, sos un sol en nuestra comunidad, seguí creciendo, es lo único que necesitamos.

Al llegar al departamento, organizó un baile para la comunidad, las ocho mujeres junto a tres hermanos y Federico bailaron y celebraron la vida.

Esa noche Marisol conoció a Luis, hermano de Patricia, y la pasaron muy bien juntos. Al despedirse se dijeron que se repita, cosa que ocurrió, al principio, una vez por semana. Las primeras salidas fueron sólo encuentros de baile y comida, luego le añadieron karaoke y juegos.

También se incorporaron otros grupos. Esto hizo que Stella y el consejo pensaran en tener permanentemente un lugar para estos encuentros lúdicos que permitían que se relajaran y se conocieran desde otra actividad, también permitía que quienes las acompañaban en estos momentos dolorosos no se vieran como quienes coordinaban, sino como pares.

Con el paso de los días, Marisol y Luis comenzaron a verse más seguido, él solía pasar a buscarla por el trabajo y la acompañaba a la comunidad.

Luis era empleado en una fábrica de calzado, así que ambos cosían, distintos materiales, pero trabajaban con una máquina. También trabajaba como bombero. Conoció a Marisol porque su hermana lo invitó a su nuevo hogar. Para él fue muy duro saber que su cuñado golpeaba a su hermana. Inicialmente quiso matarlo, pero sabiendo que podía terminar en la cárcel, se contuvo. Cuando Patricia decidió salir de ese hogar abusivo, a su lado se encontraba Miranda, que ahora se encuentra cuidando a su mamá en otra localidad.

Miranda y Patricia salieron juntas de su casa con la policía, una mañana después de la golpiza, y mientras las oficiales tomaban nota de cómo se encontraba la casa y recolectaban algunos elementos que servirían para acusar al violento. Patricia, con ayuda de Miranda, juntó sus documentos, ropa y una caramelera, recuerdo personal que le había regalado su mamá. Miranda salió con Patricia y la policía rumbo al hospital. Durante la primera semana, no se apartó de su lado, siendo la constructora de los primeros veintiún días. La escuchó frente a las dudas, la acompañó al documentar sus heridas físicas y a descubrir las heridas del corazón, la mente y el alma. Miranda, en ese momento, vivió en su casa. Hoy, dada la ayuda de otras familias y la fundación, tiene su propio espacio.

Luis recuerda que, al principio, tenía miedo porque no sabía nada de ella, pero cuando lo invitaron a la casa de Miranda, comenzó a serenarse.

—Perdón por no avisar, no me di cuenta —comenzó Patricia su saludo.

—¿Qué pasó? ¿Quién te hizo esto?

—Ya está en la cárcel.

Patricia cayó en el sofá y se tapó la cara, avergonzada de haber permitido que esto ocurriera; su hermano se sentó a su lado, la abrazó y esperó a que ella se calmara.

—Todo comenzó porque no tenía ganas de salir el fin de semana.

LENTAMENTE, PATRICIA COMENZÓ SU RELATO:

—No entiendo, ¡te partió la cara! —participó Luis, furioso.

—Yo dije que no quería, que estaba cansada, y él entonces dijo "¿cansada de qué?". Le aclaré que la semana había sido extenuante, que sólo quería estar un rato tranquila en casa, que era una mentira que no hacía nada.

Él, entonces, se levantó y me dijo:

—¡Sos una basura! No hacés nada y no me dejás aprovechar el finde para relajarme.

Cuando me levanté para decir que estaba equivocado, recibí el primer golpe en la cara, una gran trompada. Caí e intenté levantarme, pero me pateó como pudo y cuanto pudo en el piso, lo único que pude hacer fue tratar que los golpes no llegaran a mi cara.

Cuando ya no pude sostener más las lágrimas y comencé a llorar, me levantó del piso, me miró y dijo:

—Ahora llorás, después de todo lo que hiciste —y me soltó.

Volví a caer y ahí me quedé, me dolía el cuerpo, el alma y el corazón. No entendía qué había pasado, qué había hecho realmente. Él tomó las llaves del auto y salió, yo me arrastré al teléfono y llamé a mi vecina Miranda. Apenas me movía, así que me quedé en el piso. Al llegar, ella llamó a la ambulancia, a la policía y organizó solita mi salida de ese lugar.

—Bueno, tranquila, tenemos que trabajar tu situación, tenemos que fortalecerte, no podés decir que dudás sobre lo ocurrido, él es un animal, debe estar en la cárcel y no tenía derecho a hacer nada de lo que hizo —habló Luis entre los silencios.

—Miranda me recomendó una terapeuta, hoy voy a la tarde, vamos a ver cómo continúa esto.

—¿Cómo va a continuar? Con él en la cárcel —dijo Luis con enojo hacia las tímidas palabras de Patricia.

—Tranquilo, Luis, ella necesita trabajar todos sus sentimientos, no te olvides que se casó con ese hombre —respondió Miranda.

—No entiendo por qué no reacciona.

—Esta situación no es de ayer, lleva mucho tiempo, tal vez desde el primer día del matrimonio. Él siempre se arrepintió de su violencia y ella creía que era posible. Hay un gran mito entre las mujeres que creen que con su amor pueden cambiar a esos idiotas que las rodean, esa intención la sostiene por largo tiempo. Cuando pueden reaccionar… no todas reaccionan. Sienten vergüenza por haber permitido, por haber sostenido estas situaciones. Algunas no reaccionan nunca —aclaró Miranda, intentando aflojar la posición de Luis.

—Pero ¿no se dan cuenta? —preguntó Luis, ahora hablando con Miranda.

—Sí, pero como no hablamos al respecto, ellas creen que sólo sucede en su hogar, que las demás no pasan por estas situaciones y, como se avergüenzan por permitirlo, no dicen nada. El violento le ha hecho creer que son parte de la violencia, Patricia cree hoy que ella lo hizo enojar.

—¿Dónde está ahora? —preguntó Luis.

—Fue detenido en ese momento, ahora no sé, yo cuido a Patricia —contestó Miranda.

—¿Y si viene hasta aquí?

—Espero que no lo haga, pero yo voy a estar aquí y llamaré a la policía.

—¿Y si ingresa con toda esa violencia?

—Espero poder frenarlo, pero también creo que no vendrá.

—Perdón, y… ¿si viene?

—¿Qué me estás preguntando en realidad? —lo interrogó fuertemente Miranda.

—En realidad, yo tengo una casa con dos departamentos en un mismo terreno. Si Patricia se muda allí, yo puedo defenderla.

—Es cierto, vos podés defenderla, pero no podés acompañarla en este recorrido de veintiún días —contestó Miranda, ahora entendiendo la preocupación de Luis.

—Pero puedo aprender.

—Seguro, ella te necesita ahora a su lado, no parado al costado para defenderla —aclaró Miranda.

—Y, perdón, pero no estás preparado para eso. Igual, podés venir todos los días, podés acompañarnos a la terapia y podés aprender, si es necesario, para cuidar a alguna de las chicas en tu casa —completó Patricia.

—Perfecto, es un buen plan, quiero ayudar. Entonces, si no te molesta, voy a prepararles el almuerzo.

—Ay, ¡qué bueno!, ¿por qué yo no tengo un hermano así? —comentó Miranda, saliendo del lugar de crisis.

—Gracias, Luis, me alegra que estés aquí —dijo Patricia acercándose a su hermano.

A partir de ese día, Luis acompañó a su hermana, y posteriormente ha acompañado a otras mujeres a salir de sus infiernos. Él sabe de qué se trata, sabe por dónde va el recorrido de Marisol. Lo que Luis no sabe es cómo el amor nos cambia, nos va fragilizando, nos va ablandando para fundirnos con quien nos genera el amor. De eso no sabe nada.

En las diferentes salidas, Marisol y Luis fueron acercándose a partir de contar sus propias historias, sus propias miserias y sus propias culpas. Luis trataba diariamente de entender un poco más la situación de las dos mujeres que hoy estaban a su lado, su hermana y Marisol. Pero entender no siempre es fácil, además cuando uno se involucra y espera resultados, se hace más difícil. Muchas veces, dudaba de dar los pequeños pasos que daban, ya que Marisol estaba aún recorriendo los días de compañía. Eso significaba que necesitaba de todos y todas, y que todavía no se había fortalecido lo suficiente. No era tiempo de enamorarse nuevamente, pero el amor no entiende de plazos. De lo que Luis dudaba era si ella se había realmente enamorado o si lo veía como el protector de su vida. Ya lo sabría, era cuestión de tiempo que se pusiera en juego el amor entre ambos.

Para Marisol, el sentirse enamorada era raro, hacía un tiempo se había jurado que no volvería a hacerlo. Pero Luis era tan lindo, dulce y comprensivo que sentía que era real. Igualmente tenía dudas, porque sentirse cómoda no implicaba haberse enamorado o que estaba dispuesta a dejar todo por ese hombre, además debía pensar en Federico. Él sí era uno de sus amores.

Habían salido varias veces y la relación comenzó a acentuarse, el deseo de intimidad era mutuo y las dudas, también. Un día, de regreso del cine, las caricias se intensificaron y, a pesar de todos los peros y dudas, ambos se fusionaron en un abrazo de placer retenido después de tantos acontecimientos pasados. Por un rato se dejaron llevar y todo fluyó sin problemas. Pero cuando se abre el corazón, no sólo sale amor, sino también miserias y los decaimientos guardados. El clímax llegó y Marisol no podía frenar el llanto, sus lágrimas pidieron el espacio de limpieza. Lástima que eligieron un mal día, se suponía que después del sexo debería estar feliz y no angustiada. Y a pesar de sus intentos de sentirse bien, sus lágrimas decían otra cosa, o por lo menos eso es lo que sentía Luis.

Luis quería salir corriendo, pero no le parecía correcto dejarla así. Marisol intentaba decir que se sentía muy bien, pero sus lágrimas estropeaban todo; al no poder resolver lo que pasaba, le pidió a Luis que se fuera, que la dejara sola, que todo estaba bien.

Con todas sus dudas, Luis se retiró, y durante el recorrido hacia su casa recordó lo sucedido, las cosas que dijo y sus acciones. ¿La habría apurado?, ¿le habría hecho mal? O tal vez, como él sabía porque varias veces en las reuniones lo había escuchado, no es bueno tener contacto íntimo en estos primeros días, ya que en medio hay cosas que se están guardando y pueden salir.

Marisol se preparó un té y repasó lentamente lo ocurrido, lo mágico del momento que habían construido con Luis, las caricias intensas que habían recorrido ese cuerpo asustado, resentido y lastimado, la ternura de sus besos y el cuidado de su ser, fue como si Luis la acariciara cubriéndola con su amor. No la tocaron sus manos directamente, la tocó su amor. El recordar electrificaba su cuerpo y le decía que había sido genial. Volvía a desear a ese hombre que no necesitaba tocarla para que ella se diera cuenta que estaba allí, bastaba su cercanía. Nunca había sentido esto antes, era como si su cuerpo ya lo conociese y el problema ahora era su corazón. Ahora, en soledad, no había lágrimas, sólo sonreía y era feliz. Ella quería más.

Por su lado, Luis se tomó un café y se odió por presionar, por dejarse llevar y por dejarla a Marisol llevarse también, él era el mejor posicionado, él tenía que cuidarla y sentía que en un momento se había dejado libre en los brazos de una mujer, que había dejado de contenerse para simplemente ser y no lo vio venir. Cuando fue libre sintió lo que nunca había sentido y le gustó, quería más. Lentamente comenzó a relajarse, su cabeza oscilaba entre lo hermoso de una primera vez, su intensidad y su magnificencia, y la preocupación respecto de cómo se encontraría Marisol. Pensando en ella, se fue calmando y se quedó dormido. Cuando se despertó, observó que se había dormido vestido, que esto también era la primera vez que le sucedía. Se miró en el espejo mientras se desvestía y dijo "¡qué mujer!". Ya no dudaba, ella era la dueña de su corazón. Y sonrió.

Cuando Marisol llegó al trabajo, su sonrisa la delató. Aurora la miró y como mujer experimentada que era, vio un amor en sus ojos:

—¿Cómo se llama?

—¿Tan evidente es?

—Buen día, dejá de mostrar los dientes —le avisó Aurora a Marisol.

—Perdón, pero no puedo, ni quiero evitarlo.

—¿Y cómo se llama? —consultó sólo para ponerse a resguardo del amor.

—Luis, y no quiero trabajar hoy, quiero quedarme en sus brazos eternamente.

—Humm, te cuidaré, estás en las nubes.

—Ok, voy a empezar —contestó Marisol, intentando volver a la realidad.

En la fábrica de zapatos, Luis contestaba las mismas preguntas, pero no daba las mismas respuestas. Él se sentía igual de enamorado, pero después de lo ocurrido en el día anterior estaba algo preocupado, ya que no entendía lo que había pasado, aunque prefería eso a perder a Marisol. En el fondo, lo que más lo angustiaba era la posibilidad de que esa hermosa mujer lo dejara.

Después del trabajo, Luis pasó a buscar a Marisol. Al encontrarse sus ojos, Marisol reconoció a un gran hombre y aprendió que podía ser amada, respetada y querida, y Luis contempló a una luchadora que volvía a confiar en un hombre. Se acercaron tímidamente, ninguno sabía cómo estaba el otro y se fundieron en un intenso abrazo que les devolvió la seguridad sobre su situación.

Ambos salieron hacia la casa de Marisol, los transeúntes sólo veían a dos amantes tomados de la mano. Durante el transcurso del café, acordaron sólo salir y acompañarse por unos días. Marisol accedió ya que sentía que podía lastimar a Luis, mientras que este pensaba que debía ser él quien contuviese a Marisol, dado que ella era quien estaba sanando.

El desafío de la pareja fue lograr hermosas invitaciones hacia el otro, sólo para acompañarse y disfrutar. El primero en invitar fue Luis. Eligió un museo, en una casa y dedicado a una mujer. Durante dos horas transitaron las habitaciones que esta dama también había recorrido y se preguntaron sobre su vida, sus acciones y sus decisiones. Los dos admiraban a la señora, eso facilitó la recorrida. Luis lo había elegido porque ella había sido amada por un gran hombre, pero dado el lugar que buscó en la sociedad fue odiada por muchos a su derredor. Fue una visionaria, peleó por un mejor lugar para la mujer y para los hombres de su época.

El recorrido les permitió debatir sobre las diferentes miradas de las mujeres y de los hombres en las distintas épocas y se encontraron de la mano riendo, charlando y acompañados, intentando usar ese tiempo para sanar heridas.

La segunda salida, a cargo de Marisol, fue a participar de un día de campo, con una importante competencia: ambos debían realizar diferentes juegos, de destreza, de habilidades cognitivas, de carreras y de actividades artísticas como parte de un encuentro sólo para parejas, para conocerse y no para reflexionar sobre ellos. El día fue súper activo y con mucha adrenalina, ambos lo disfrutaron y, a diferencia de la primera salida, esta les permitió poca charla, poco mirarse pero mucho contacto, se sintieron muy cómodos y Luis agradeció la invitación casi con un beso. Marisol volvió sobre los pasos de Luis y lo tomó en sus brazos y lo besó con el corazón. Sus vidas, sus pasados y su presente se fundieron gratamente, y les hicieron sentir que las heridas estaban sanando bien.

Cada uno en su casa recuperó la respiración lentamente. Ambos esperaban que ese halo de amor los acompañara el mayor tiempo posible. A Marisol la sacó de allí Federico y sus estudios. A Luis, Patricia que le pidió que le arreglara una canilla. Ambos corrieron al otro a un espacio pequeño del corazón para buscarlo más tarde.

Capítulo 3
Los primeros días

Me tomé el fin de semana para viajar a visitar a una tía en otra provincia, esperando poder reunirme con Miranda para tener más datos para el libro de los silencios. Es hora de que todos/as discutamos sobre cómo el silencio condiciona nuestras vidas. En lo personal, siento que me callé esperando que mi novio no me lastimara y me equivoqué. Él aprovechó mis silencios para encerrarme en un espacio cada día más pequeño hasta que no pude moverme sin molestarlo. El día que junté coraje para defenderme, me roció con alcohol y me prendió fuego.

Cada día, desde ese día, me pregunto: ¿por qué permití que lo hiciera? Y si he aprendido algo en este tiempo es que no lo permití, él me fue convenciendo de que ese era el formato, que todos los novios se decían todo, que estaban juntos todo el tiempo excepto cuando estaban en sus hogares. Creí que ser una buena mujer era no salir sola, y que si salía con mis amigas él debía acompañarme porque ahora éramos o intentábamos ser uno. Cada vez que volvíamos de una reunión organizada con mis amigos/as, él se encargaba de hablar mal de todos/as y cada uno/a de ellos/as. En el fondo tenía razón, pero a medias. Todas las personas tenemos defectos, pero la amistad es esa gran relación entre diferentes, donde las diferencias son las que nos unen y lo primero que entendemos del otro/a.

Yo le creí, no valía la pena estar con ellos/as, no eran buena gente, así que acepté discretamente, silenciosamente, dejar de verlos. Así estaba con él, lo acompañaba. Me persuadió de que él debía ser mi mundo diciendo que yo era su mundo. Solía maquillarme, pero a partir de comentarios como "mirá esta chica, parece un payaso, demasiado color en su rostro", o "las mujeres bellas no necesitan maquillaje", reevalué mi relación con la cosmética, primero usé menos y luego dejé de usar. En ningún momento lo hablé, ya los silencios me habían educado que ese era un tema insignificante y que no se hablaba de ello con el novio. Era un tema reservado para las charlas femeninas, era un tema de mujeres, y como no tenía valor no hablé con él, y como no tenía amigas dejé de hablar de este tema.

Respecto de la ropa, también participó. Siempre, algo externo le daba letra sobre lo que él esperaba. Hablando con mi padre, comentaron sobre las ropas que las modelos utilizaban, y definió sus criterios, que fueron avalados por mi padre. Toda frase se cerraba con: "las buenas mujeres no utilizan ese tipo de 'polleritas', mostrar es de señoritas de la calle, no de señora del hogar".

Hoy pienso en esas frases que creí justas y claras, y encontré dos espacios, la calle y el hogar, enfáticamente señalados: en la calle, la mujer en términos negativos, y en el hogar, la mujer en términos positivos. Esta moral familiar decía: la buena mujer se casa, se queda a cuidar el hogar, la familia, y se desarrolla como mujer a partir de estas actividades que, en general, se consideran negativas y sin valor; la mujer que sale a trabajar, que no se casa, que estudia para ser mejor trabajadora, no es una buena mujer. Y como directamente no pueden atacar su trabajo, atacan su forma de vestir, su maquillaje, su no estar en casa o desconocer tareas tan conocidas como cocinar, pero lo cierto es que hay quienes no les gusta cocinar y algunas son mujeres. También intentan mostrarlas como fuertes, hasta varoniles, no como algo positivo sino como una forma de desprecio por aquella que ha avanzado en el mundo que estos varones creen que es propio.

Cuando hablan de la señorita de la calle, usan señorita y no señora, ya que implícitamente, la mujer prostituta no es señora, no se ha casado, no tiene compañero porque ninguno de estos hombres aceptaría que una compañera trabajara con el sexo.

Después pensaba que no las definen como trabajadoras, ya que no las consideran como tales.

También pienso en el silencio que guardan quienes usan a la prostitución. En las sobremesas se degrada a la mujer por el maquillaje, pero no se habla de los varones que pagan por satisfacción sexual. Muchas veces, las que más rápido se dan cuenta de que la vecina es trabajadora sexual son las mismas mujeres, y son las primeras en dejarlas solas, pensando que, si nos acercamos, nos van a contagiar de su trabajo. A veces creo que la prostitución se ha sostenido más por las mujeres que abandonan a la vecina, que por los varones que pagan por su trabajo.

En cada momento de reflexión, más me doy cuenta de que quien le dio el poder para hacer lo que hizo fui yo, pero mi familia, mis amigas, mis maestras, mis... todas las mujeres que me rodearon desde el nacimiento colaboraron en ese permiso. No estaba sola cuando bajé la cabeza, no estaba decidiendo desde mi persona, sino desde mi cultura. En AAYUN intentan permanentemente que trabaje con lo sucedido. Hoy estoy triste por permitir lo que permití. También es cierto que yo no le di el alcohol, ni el fósforo. Él, desde su violencia, desde su posición de macho, desde su necesidad de castigar la desobediencia, fue quien organizó todo. Yo pude haber cedido espacios, pero no solicité que me lastimara.

Hacia el mediodía llegué a la casa de la tía, ella me esperaba. Lo primero que hizo fue mirarme unos minutos, luego me abrazó largamente y finalmente me agradeció la visita.

—Gracias a vos, tía, por recibirme.

—¿Cómo has estado? —preguntó, con mucho cuidado en las palabras.

—Muy bien, después del incidente, conocí un hermoso grupo de hombres y mujeres que trabajan por mi bienestar diariamente.

—Mirá las marcas de tu brazo, pobre mi chiquita —dijo, dejando salir las palabras que tenía guardadas.

—En la próxima intervención van a desaparecer —agregué, tratando de mostrarme tranquila.

—Bueno, pasá, tomemos algo y me contás del viaje —dijo mi tía, dirigiéndose a la cocina—. Preparé una torta, sé que te gustan mucho.

Entonces giré, la abracé y le dije al oído:

—Gracias, estoy muy bien, en serio, sé que ha sido muy difícil para todos, pero día a día me mejoro y vuelvo a ser feliz.

La tía lloraba, evidenciando que había contenido las lágrimas por temor a que me pusiera triste; pero mis palabras la fueron aflojando, entonces era como inevitable que llorara. La senté, le acerqué las servilletas de papel y me senté al lado tratando de calmarla.

Primero pensé en quedarme en silencio, pero me di cuenta de que necesitaba saber lo sucedido:

—Una tarde tenía una invitación de una de mis amigas a tomar un café, yo quería ir para demostrar que él no me dominaba, como decían ellas, y por esa razón discutimos. Dijo muchas cosas: que salía a buscar a otro, que necesitaba mover mi trasero por el centro, que era una basura, que mis amigas no lo eran tanto ya que me obligaban a dejarlo, y que eso decía mucho de mi amor hacia él. Después de discutir un rato, de no encontrar la forma de mostrarle que no tenía que ver con el amor, no con él, sino con las ganas de vernos con mis amigas, se levantó y tomó mi perfume. Pensé que había entendido. Unos segundos después, estaba envuelta en llamas, mi pelo ardía y él ahora tiraba alcohol sobre mi ropa. Si no hubiera llegado mi padre, que me cubrió con un mantel, me tiró al piso y me cubrió con su cuerpo para asfixiar al fuego, me habrían encontrado muerta. Cuando terminó de apagar las llamas, tomó el teléfono, llamó a la ambulancia y, al relajarse un minuto, miró a mi novio y le preguntó sobre lo ocurrido. Todo lo que él dijo fue: "me sacó". Yo no podía hablar, pero escuché el silencio de mi padre, escuché que mientras me atendían los médicos él llamó a la policía y lo entregó. En ese momento todo lo que mi novio decía era: "Yo la amo, yo la amo".

A pesar de la difícil situación que te estoy contando, unos minutos después mi vida cambió: conocí en el hospital a Alma, una gran mujer que no sólo me acompañó mientras sufría la curación de mis heridas, sino que además me ayudó a entender qué pistas me fue dando ese mal hombre, pistas que yo no había visto.

—Lamento tanto lo sucedido, él era un muy amable muchacho —dijo mi tía tratando de mostrarse tranquila.

—Ese es uno de los problemas, la mayoría de los violentos son encantadores, las familias los quieren, pero el control lentamente se va viendo, siempre hay alguien que lee entre líneas y a veces te llama a la reflexión.

—¿Y vos tuviste esa ayuda?

—Sí, tía, fue una amiga, Matilde, y cuando él se percató de esto comenzó a hablar mal de ella.

—¿Y la escuchaste?

—Obviamente, no, recién me di cuenta cuando estaba en el piso con llamas sobre mi cuerpo.

—Lamento mucho no haberte ayudado a prepararte para evitar estas situaciones.

—¿Sabés qué creo? Que nadie puede prepararte para esto, llega el amor y no te hace ver sus defectos. Te controla y te hace creer que te cuida. Te desmerece y te dice que era un chiste. Te va aislando y te dice que no eran buenas personas. Y una le cree.

—Gracias por el testimonio. Comé torta —dijo mi tía, tratando de cambiar de tema.

—¡Se ve muy rica! —contesté, haciéndole caso.

Cuando limpiamos la cocina, le pedí ayuda para encontrar a Miranda. Tomamos la guía telefónica de la ciudad y esperamos que estuviera en ella. Gracias a Dios allí estaba. La llamé, agendé una cita y salimos con mi tía a caminar un rato. Aprovechamos la caminata para realizar las compras para el almuerzo y visitar una feria local. Después de almorzar, y como mi tía hacía mucho que no andaba en auto, recorrimos las afueras de su pueblo, un hermoso lugar. Las sierras le daban un gran marco al valle.

* * *

Miranda también me recibió con torta. En la cuidad era importante el compartir.

Los primeros minutos fueron de presentación, le conté que tenía la intención de escribir la historia de AAYUN, sin dar mucho dato para que otras mujeres se animaran a modificar su situación antes de que las matasen, las mandaran al hospital o dejaran de ser quienes eran.

Miranda aclaró que la violencia no es sólo contra las mujeres, también es contra los hombres, los/as homosexuales, los/as pobres, los/as viejos/as; que la violencia se da hasta por ser de otro equipo de fútbol, carrera o por la música que cada quien escucha. La violencia está a nuestro alrededor, y las personas violentas son sostenidas por cada uno/a de nosotros/as. Cuando festejamos un comentario peyorativo sobre un/a deportista, o un/a músico/a y sonreímos, estamos permitiendo la violencia. Cuando vemos los golpes sobre el payaso del circo y nos causa gracia, estamos sosteniendo la violencia. Cuando permitimos que quien trabaja limpiando cobre poco porque se trata de un mal trabajo, estamos permitiendo la violencia.

Continuando la charla, me dijo:

—Lo que te sucedió es terrible, pero todos vieron tus marcas y reconocen la violencia. Cuando se ofende a quien nos dio un show, porque no es nuestra línea de gusto musical, y se menosprecia su obra, nadie ve las marcas. Estas están en su corazón, pero se ha violentado a esa persona. El problema sobre el que trabajamos es más intenso, difícil y complejo de lo que cada una y cada uno de nosotros puede ver. Creo que estamos accediendo a la punta del iceberg.

—Gracias por recibirme —dije ya angustiada.

—No, nena, no hagas eso. Te saqué un filtro de tus ojos, para que veas que esto es más complicado de lo que vos creés. Eso no significa que tu búsqueda de mostrar lo que sucede no sea útil. Mostrar, debatir, conocer, siempre es bueno.

—Es que no sé a dónde voy, ¿qué sentido tiene este proyecto?

—Esas respuestas debés contestártelas vos, que sos quien lleva adelante este proyecto.

—Pero ¿si descubro parte del engranaje que nos sostiene y después ya no está más la red?

—Hay cosas que no se pueden contar públicamente. Ya Stella te las va a ir señalando. Por ahora vos sólo estás tratando de aprender, así que vamos a trabajar —guio Miranda la conversación.

—Gracias —dije, mientras intentaba comenzar con mi mejor pregunta, pero sólo lograba ponerme más nerviosa y generar una expectativa que no tenía sentido.

—¿Y si comenzamos por el inicio? —preguntó mi interlocutora, intentando darme algo de tranquilidad.

—Sería interesante escuchar cómo se inició AAYUN —contesté más nerviosa aún, sentía que la dama que estaba frente a mí me atravesaba con su mirada, que si no preguntaba lo correcto me iba a despedir sin contarme nada.

—Mi madre siempre estaba ayudando a alguien, si no era con comida, era con abrigo o con algún mueble; mi padre, si bien le decía que no tenía que preocuparse tanto, cuando podía le daba una mano. Un día, trajo del hospital a una chica golpeada, Delfina. Ella dijo que la habían golpeado en la calle, porque la habían desalojado y no tenía dónde estar. Pero cuando conocimos a su novio, las dudas se disiparon: él la había golpeado. Papá nunca lo dejó entrar, así que ella lo atendía en la puerta, hasta que un día decidió irse con él. Unos días después, la llamaron a mamá del hospital para decirle que su ayuda no había servido de nada. La chica otra vez había vuelto golpeada al hospital. Mi madre, en lugar de sentir pena por ella, lo sentía por sí misma, se preguntaba qué no le había dado para que decidiese volver con él.

—¡Qué terrible! Se sentía culpable.

—Como ella concurría a AA, sabía de la importancia de los primeros veintiún días. Así que, cuando la fue a buscar, le pidió que si aceptaba irse con ella tenía que mantenerse distanciada de él por veintiún días.

—¿Y aceptó?

—Sí. Los primeros dos días fueron fáciles. El problema fue la semana siguiente. El joven venía todos los días y nosotros lo rechazábamos amablemente. Un día armó un escándalo en la puerta diciendo que nosotros no dejábamos salir a su novia, hasta vino la policía. Ese día, los agentes le dijeron a mi madre que se podía realizar la denuncia y que eso le iba a restringir la llegada. No pudimos convencerla de hacer esto, comenzó a decir que parte de lo que pasaba también era culpa de ella y que por eso no lo iba a denunciar.

—¿Pero la chica se quedó con tus padres? —pregunté ansiosa.

—Un día más. Al siguiente, cuando él fue, ella lo estaba esperando. Antes de que saliera, escuchamos cómo él le decía que lo perdonara, que no iba a pasar más y que seguía amándola.

—¿Y se fue?

—Sí, porque estamos rompiendo las relaciones más íntimas, es muy difícil decir que no a aquello que nos ha cuidado, amado y protegido en otro momento. Hasta parece que esas situaciones de violencia son parte de las relaciones de pareja.

—¿Por qué? Nadie te dice que debés aguantar —dije algo desconcertada.

—Tampoco te dicen que está mal —retomó la palabra Miranda y continuó:

—No hablamos con los jóvenes al respecto, el silencio en estos temas es muy profundo. Imaginate que en casa de vez en cuando tu mamá grita, que en la escuela la maestra también lo hace, en el fondo estamos diciendo que esto es posible: que las personas que nos quieren, a veces, se descontrolan. En algunos casos hemos escuchado de lo valioso de un cachetazo y un "chirlo", entre los niños valoramos lo bueno de saber pelear, en más de una oportunidad nos dijeron que las críticas siempre son constructivas y que si el otro hace algo mal hay que demostrarle que está equivocado. Ahora pensemos en un desacuerdo en una pareja, primero hay gritos, en algunos momentos de nuestra vida cercana y afectiva los escuchamos, así que está bien. En otro desacuerdo llega el primer golpe, que desarma todo el ser de ambos, que los descoloca, pero como del tema no se habla, como es un tabú, como les suele dar vergüenza, se aíslan un poco, no se hablan por unos días y luego con las pasiones aplacadas vuelven a intentarlo otra vez. Ambos aprendieron algo, uno que puede perdonar al otro como siempre le dijeron, y el otro que, si uno sigue avanzando, gana.

—Me hacés acordar a mí. La primera vez que lo perdoné, sentí que era la mejor mujer del mundo —dije acongojada.

—Aunque cueste entender, esto es lo que hace que, cuando les pedís que hagan las denuncias, no puedan hacerlo: si lo hacen son las que mandaron al frente al otro, las que intentan destruir a un hombre y las que sacan a la luz sus vergüenzas. Prefieren volver a dar este sucio paso de estar en esa situación, que cambiarla. Los veintiún días son de trabajo colectivo para demostrar que no están mandando al frente a nadie, que se están cuidando; que no intentan destruir a un hombre y que, si ese hombre no busca ayuda, las va a destruir a ellas; que no debe darnos vergüenza hablar de estos temas, que lo que hace la vergüenza es mantener los silencios y sostiene estas relaciones violentas.

Se hizo silencio, el dolor y la verdad hacían que las palabras me golpearan. Las lágrimas comenzaron a salir sin permiso, las náuseas me apretaban el estómago y todos los recuerdos bochornosos me rodeaban haciéndome sentir abrumada, más que el día que conté por primera vez mi historia. Dejé salir las lágrimas, dejé salir el dolor, me acomodé en la silla, tomé agua, respiré y miré por la ventana. Afuera caía la tarde. Otro día más con vida.

Ahora, accionando para cambiar los silencios. Luego de unos segundos que parecieron minutos y hasta horas, volví a hablar con Miranda:

—Recordé todas las veces que perdoné, y lo feliz que creí que era por hacer esa acción.

—Lamento tanto todo lo que te pasó.

—Yo terminé quemada después de varios intentos de perdón, que repetían los empujones, cachetazos y golpes hasta cuando estaba en el piso. Cada nuevo conflicto aumentaba la violencia. Y a pesar de sentir y saber que estaba mal lo que sucedía, no podía cortar, su cara de perdón me convencía —dije, como si quisiera encontrar alguna dispensa en ella.

—Así es, mi chiquita, así pasa esto de no reconocer nuestro espacio, nuestra vida y nuestra libertad —comentó Miranda, tratando de demostrar que mis acciones habían sido las únicas posibles y que no debía pedir perdón.

—¿Y qué pasó con Delfina? —pregunté volviendo a nuestro tema.

—Unos días más tarde, la llamaron a mamá del hospital para que los ayudara con ella, porque no tenían datos y querían avisarle a su familia que el maldito la había asesinado. Ahora él estaba en la cárcel, ella ya no aprendería más. Finalmente, él aprendió que no es bueno ganar en estas situaciones.

Me quedé helada. Pensé que la habían podido salvar, ahora lloraba por ella y por todas las mujeres víctimas de los femicidios cotidianos. Luego de llorar, cuando comencé a tener noción de mi respiración, noté que las lágrimas lavaban mi ser y le devolvían el cariño hacia mi persona y hacia todas las personas que esperan hacer de este mundo uno mejor. Sentí que una fuerza nueva, reconstructiva y poderosa nacía en mí, esperaba que ella me llevara a mostrarles a los/as esclavos/as de estas situaciones de violencia que se puede salir de ellas.

—¿Cómo se repone una de estas situaciones? —pregunté creyendo que Miranda tenía todas las respuestas.

—No te reponés, intentás que la próxima no te aplaste.

—¿Pero tu mamá siguió? —dije con buenas esperanzas.

—Hubo otra chica. Cuando le dieron el alta, se la llevó a la casa de la tía. Estuvieron juntas durante veintiún días. Con Delfina aprendió la importancia de acompañar, y con Stella la necesidad de agruparse y ayudarse para salir de estas situaciones.

—¿Y la familia?

—Todos ayudábamos, papá y yo nos encargábamos de todas sus necesidades; la tía, de contenerlas y mamá, de armar los veintiún días.

—¿Y cómo fue?

Miranda comenzó su relato:

—Mientras estuvo en el hospital, mamá no se apartó de su lado, y apenas le dieron el alta, la llevó a la comisaría a realizar la denuncia. Ella estaba convencida de que debía hacerlo, mamá no tuvo que presionar para nada. Delfina no pudo entender que él tenía un problema y no ella. Stella, en cambio, por momentos veía que ambos estaban equivocados.

De allí la trasladó a la casa de la tía y, al llegar, le pidió que le entregara el teléfono celular. Este es el primer cambio, cortar con el mundo exterior por veintiún días. Para que pudiera cuidarse y lograr que se ocupara sólo de sí misma, le quitó toda posibilidad de relación con el exterior. Se mudó con ella, a toda hora era su compañía. La primera semana, Stella estaba tranquila, con paciencia y hasta feliz. Lo que aprendimos es que los primeros siete días son fáciles, las heridas están abiertas y la violentada siente tranquilidad, tiene la posibilidad de relajarse, se siente segura y todo esto colabora con la situación.

Los segundos siete días, todo cambia: ellas ya se conocen. Stella comenzó a extrañar sus cosas, su casa, su trabajo, y mi madre comenzó a sentir que la adicción a esa relación enferma se comenzaba a notar. Stella quería su teléfono, decía que tenía que hablar con él. Mamá pasó toda la semana intentando que Stella le aportara una buena razón para considerar un posible encuentro con su esposo. Mientras no logró convencerla, le pidió que armara bolsitas para ayudar a la tía con los gastos de la casa. Stella llegó a decirle que si ella se iba no tendrían gastos, sin comprender que hacer bolsitas era una forma de entretenerla y de ocuparla. No tenía que ver con los gastos. Descubrió que Stella era muy buena organizando cosas, así que cuando Stella se ponía tensa, alguno de la familia venía a pedir ayuda. De esa manera, ella se olvidaba y se le pasaba.

Un día papá le preguntó:

—¿Hasta cuándo vamos a tener que distraerla?

Mamá le contestó:

—Hasta que ella pueda pensar todo un día nada más que en ella.

—¿Y si no pasa nunca? —dijo papá, dudando de los veintiún días.

—Va a pasar —le dijo mamá—, no te pongas ansioso.

—Te extraño en casa —respondió él, cariñoso.

—Falta poco.

Stella colaboraba en la casa, y recibía a diario a alguien para ayudar. Una mañana, le dijo a la tía Felisa y a mamá que pondría una oficina de ayuda en el estar, si no tenían problema.

Mamá le preguntó por qué.

—Creo que tengo que comenzar a reorganizar mi vida y hacer esta actividad me ordena a mí —contestó Stella, sin dudar sobre lo que decía.

—A la tarde viene Virginia, ¿te parece si lo consultamos con ella? —le contestó mamá sin saber qué más decir.

—Me parece genial.

Así comenzó la tercera semana de estadía en casa de la tía. En resumen, la primera semana hay que curar, la segunda hay que ocuparse para evitar que la vida anterior retorne y, en la tercera, la persona nota que tiene algo de espacio para tomar mejores decisiones.

A pesar de las necesidades de Stella, la vida te golpea igual. Otra chica había llegado al hospital y mamá se tuvo que ocupar de ella, así que de la nada comencé a ser la acompañante, junto con la tía, de Stella.

Mamá sólo faltó una noche. A la mañana siguiente conocimos a Georgina, hoy abogada de AAYUN, un mal novio y locura de alcohol y drogas la llevaron al hospital. Inicialmente no hubo denuncia ya que, al ser un accidente, se sentía responsable también. Al llegar, Stella las recibió en la pequeña oficina que armó en el estar.

—Hola, soy Stella, yo te voy a acompañar los próximos días —dijo a modo de presentación.

—Hola —contestó tímidamente Georgina.

Con mamá nos sentamos alrededor de la mesa y observamos el diálogo que se daba entre las dos.

—Te estoy dando esta bolsita, en ella quiero que coloques tus llaves, tu teléfono y tus documentos.

Georgina, no entendía muy bien, pero accedió.

—Los próximos días yo voy a acompañarte, esta gente hermosa nos va a ayudar a que sanes y puedas volver a organizar tu vida. Para que todo eso ocurra, necesito que confíes en mí y hables sobre todas tus dudas.

—Aquí están mis llaves y mis documentos. El teléfono se perdió en el accidente.

—¿Con quién vivís? —indagó Stella.

—Con mi madre, papá falleció hace unos años, así que estamos las dos solas.

—Te voy a dar un teléfono para que le avises dónde estás, así no se preocupa.

—¿Y si quiere verme? —preguntó inquieta, ya que no conocía al grupo que la estaba rodeando y le estaba quitando toda comunicación con el exterior.

—Entonces iremos a otro lugar para que ambas puedan charlar. Necesito que aceptes algo, es sumamente importante que nadie sepa de esta ubicación, para que quien se violentó conmigo no venga a buscarme, te pido por favor que no le expliques donde estamos.

—No quiero que me encuentren a mí tampoco, así que no le diré a nadie que estoy aquí.

A la tarde, ya de vuelta en casa, porque mamá entendió que Stella se podía hacer cargo de esta situación mientras cerraba su semana, nos reunimos con Virginia en el quincho para la reunión de inicio de semana. A ella se presentó la mamá de Georgina. Después de un rato a solas, comenzó la terapia de dibujo. Virginia llevó materiales de trabajo y cada una debía hacer dos trabajos, uno que la mostrara como estaba y otro que la hiciera feliz. Todas, ya que papá se encargaba de la cena, trabajamos y charlamos del mundo por dos horas; mientras creábamos arte, el mundo de cada una iba y venía, al tiempo que se fundía con el mundo de la que estaba al lado.

Mamá aprendió que podía acompañar, pero necesitaba de otros para agruparse. Yo conocí a estas hermosas y activas mujeres que habían caído en la violencia de género. Stella conoció su potencial organizador al tiempo que pudo decirle a mi madre lo agradecida que estaba por la lucha de la semana anterior. Virginia reconoció la terapia grupal como un estadio necesario. Georgina comenzó a relajarse entre estas buenas compañías y su mamá estaba feliz de verla contenida, hacía un tiempo que notaba que las cosas entre ella y su novio no estaban bien. La tía Felisa aprovechó para mostrar lo buena dibujante que era, lo grandioso de pintar y demostró alguna técnica.

La primera semana de Georgina en lo de la tía se superpuso con la última semana de Stella. Ellas se organizaron, la mamá de Georgina hablaba con su hija todos los días y yo le trasladé los apuntes necesarios para continuar sus estudios. Stella se convirtió por momentos en su compañera de estudios. Los días de terapia venían a casa y los de terapia comunitaria íbamos con papá a la casa de la tía. La salida de mi madre de la vida de Stella coincidió con la segunda semana de Georgina, ella quería volver a su departamento, a su vida y a la facultad. Stella intentó explicarle de diferentes maneras, hasta le contó su situación, pero se negó. Entonces decidió Stella que la acompañaría a su casa y a la facultad durante todo un día, pero sólo llegaron a la mitad del recorrido, ya que al salir de su casa con el bolso de ropa y más libros, él la estaba esperando. Quería hablar, quería pedir perdón y quería que ella volviera a estar con él. Stella se quedó cerca, en un momento la tomó del brazo para darle fuerzas.

—Señora, ¿puede dejarnos hablar? —le dijo el muchacho a Stella.

—No, ella es mi amiga y yo me quedo.

—¿Le decís que se corra, por favor, Georgina?

—No, ella no se va —contestó Georgina, apretando con el brazo la mano de Stella.

—No me hagas esto —dijo el novio, entre suplicante y agresivo.

—Mirá —dijo Georgina, respirando y pensando lo que le iba a decir—, lo nuestro ya fue, lo ocurrido me mostró lo mal que funcionamos juntos, no quiero más de esto y eso significa que no debemos estar juntos.

—No, no termines con nuestro plan de vida.

—Nuestro plan de vida se acabó cuando bebimos y salimos a la calle alcoholizados.

—¿Le podés decir que se corra, por favor?

—No te acerques más, ella no se va a ir, el que se retira sos vos.

—Hagamos algo, te paso a buscar a la tarde y vamos a nuestro restaurante favorito, ¿te parece?

—Hagamos otra cosa, no vuelvas, yo no quiero verte.

—Vamos, Georgina —insistió, pretendiendo que ella cambiara su postura.

Como no funcionaba nada, Stella tomó a Georgina y la metió en el auto. Él se quedó al lado de la ventanilla, esperando para decir algo. Como se mantenía allí, Stella tomo el teléfono y le dijo que llamaría a la policía si no se corría.

—No me hagas esto – dijo dirigiéndose a Georgina.

—Correte —volvió a decir Stella.

El joven se corrió y las mujeres se fueron.

En casa de Felisa, Georgina se sentó en el comedor y comenzó a llorar, le pidió disculpas a Stella y lloró. Stella la acompañó, entendió que debía ser más fuerte en la segunda semana, todas iban a buscar alguna manera de volver a la vida anterior.

—Lo lamento mucho —dijo Georgina, compungida.

—Sabía que podía pasar, por eso te acompañé.

—¿Sabías que vendría?

—No, sabía que estabas frágil y que si te dejaba podías cometer algún error.

—Te tendría que haber hecho caso, ¿por qué una es tan tonta?

—Te dije que estabas sanando, que necesitabas veintiún días y yo no fui lo suficientemente fuerte para frenarte.

Cuando Georgina llegó a nuestras vidas, todos estábamos en momentos de entender cuál era el mejor camino para resolver este tema, estábamos aprendiendo y cada situación nos daba elementos para crecer, dudar y entender cómo actuar. A partir de ese día, Georgina fue la gran constructora de los veintiún días junto a Stella. Yo, junto a mi madre y mi tía, las fuimos acompañando.

Mientras estudiaba en la universidad, colaboré con ellas y el trabajo en AAYUN. Fui la primera en recibir a las violentadas, fui la que escribía sobre las vidas que nos acompañaban para tener un registro escrito que nos permitiera aprender; fui acompañante de los últimos días ya que, al no haber pasado por estas situaciones, me era muy difícil acompañar antes. Trabajé organizando las terapias y acompañando a quienes tenían alguna medicación, puesto que a veces debíamos acompañar esto también. Mientras me formaba como psiquiatra, trabajé y acompañé la construcción de este espacio. Trabajé varios años hasta que mi propio camino me fue separando, no por el trabajo sino porque no tenía tiempos para acompañar, y en ese espacio había gente: yo quería trabajar con adultos/as mayores, y es lo que hago aquí. Soy la directora de un geriátrico, tengo mucho trabajo y puedo además cuidar a mamá. Ella ya no puede cuidar a nadie, necesita que la cuidemos; aquí hay un hermoso lugar, está cerca de su casa, de sus amigas y no está sola. Comenzó con su enfermedad hace un tiempo y como no podía hacer todo, cuidarla y cuidar a las personas violentadas, decidí quedarme aquí con ella. Además, en ese momento había que cuidar a papá. Yo fui parte de los inicios de AAYUN, pero la importante allí es Stella. Ella es la que nos ha estructurado desde siempre.

Durante la tercera semana de Georgina, Stella y mi mamá establecieron las cuestiones legales de la organización. Si bien no era necesario, alguien podría decir que las teníamos secuestradas.

—Esto funcionó los primeros meses, luego Stella vendió su casa y con la tía Felisa compraron una más grande para poder ayudar. Más allá de cada una de nosotras, AAYUN comenzó a funcionar, a dar respuesta a un espacio vacío, al que había que darle forma.

—Gracias, Miranda, todo esto me fue muy útil.
—Gracias a vos, Gabriela, espero que sea un gran libro.

Volviendo y reflexionando: cuánto trabajo, cuántas horas de acompañar, cuánto tiempo de servicio hacia el otro.

Soy una mejor persona hoy. Voy a recomendar el viajar como terapia. Mientras avanzo rumbo a mi casa, no dejo de pensar en qué estoy haciendo, hacia dónde va mi vida y qué espero para el futuro. Lo mejor de todo es que la protagonista de todo esto soy yo: Gabriela.

CAPÍTULO 4

ALGUNAS COSAS SE DEBEN MOSTRAR PARA CAMBIARLAS

De regreso de mi viaje, concurrí al centro para solicitar entrevistas a varias de las mujeres de AAYUN. Me encontré con un aire tenso, en un espacio que generalmente era tranquilo y apacible. Alma se acercó al verme y, café de por medio, me comentó lo ocurrido durante los días de mi viaje.

Griselda había visitado a la señora Radidca para hablar sobre la situación de Carmiña. Luego de escucharla, la señora Radidca sólo dijo que lamentaba que se hubiera gastado todo el dinero que ellos generosamente le habían dado.

—¿Qué dinero? —preguntó Griselda.

—Bueno, a ella se le pagó de más desde que se convirtió en ama de llaves.

—¿Me podría aclarar un poco más? —solicitó la abogada.

—Deme un minuto —dijo la señora, saliendo de la habitación.

Volvió unos minutos después con varios cuadernos en sus manos y una tablet.

—A ver, aquí está, sí, tal como dije, ella llegó hace cuarenta y cinco años y se fue hace dos. Los primeros cinco fue mucama, le pagamos como indicaba la ley y le dimos casa y comida. Luego comenzó trabajar como ama de llaves por treinta y cinco años y le pagamos sin retenciones, lo cual incrementó de manera importante su salario. Los últimos años pasó a ser nuevamente mucama ya que no podía caminar tanto y pensamos que eso era mejor para ella. Luego de tres años, un día se acercó a mamá y le dijo que se iba, que renunciaba porque su hermana la necesitaba.

Griselda había tomado nota de todo lo dicho e hizo algunas preguntas.

—¿Le pagaron algún premio por permanencia?

—¿Qué dice? —contestó la señora Radidca, como si la pregunta la hubiera ofendido.

—Sí, un agregado al salario, como tienen todos los trabajos, algo como la antigüedad —aclaró la abogada.

—Le pagamos lo que indicaba la ley y más —dijo la señora, elevando el tono de voz.

—¿Está segura? Porque su enojo me está diciendo otra cosa.

—Estoy segura de que no desprecié el trabajo que realizaba Carmiña, ella fue una de las personas más trabajadoras que vi en mi vida.

—¿Y no considera que le debe algo?

—Según estos libros, se le abonó lo que se le debía abonar y un poco más. Además, cuando se le solicitaba un extra se le entregaba alguna propina.

—¿Sabe? Me parece que no ha sido justa con Carmiña.

—¿Perdón? ¿Que no hemos sido justos con Carmiña? Le pagamos lo que correspondía, fue un integrante más de nuestra familia y hasta la hemos llevado de vacaciones.

—¡Qué bueno! ¿Me explica cómo?

—En varias vacaciones de mamá, contratábamos una casa en vez de ir a un hotel y ella iba como nuestra ama de llaves. Usted sabe lo importante que es tener alguien de confianza en un lugar extraño.

—Oh, sí, seguro. ¿Y ella podía salir?

—Claro, tenía las mismas salidas que tenía aquí: un franco y dos horas cada tarde.

—¿Y sabe si las usó?

—Es lo que más me molesta de esta gente. No, nunca nos dejó. Cada uno de sus francos lo pasó en su cuarto. Siempre me pregunté por qué no salía.

—Usted salía.

—Por supuesto, yo había crecido en esa ciudad, la conocía muy bien, además mis amigas también estaban allí. Era como una extensión de mi barrio.

—Ah, ¿y las amigas de Carmiña?

—¿Sabe? No todas las familias llevan a sus propias empleadas, las casas ya tienen servicio, así que Carmiña era una de esas favorecidas.

—Claro, ¡qué bueno!, ¿y usted salía sola en estas vacaciones?

—¿Sabe? Intento no salir sola, hay mucha violencia afuera, así que en general estoy acompañada.

—Obvio, pero Carmiña podía, ¿no?

—Claro que podía, ella no es la referente de una de las familias más importantes del país.

—Claro. ¿Qué le podía pasar a Carmiña? ¿Se aburriría? —dijo Griselda con un dejo de cinismo en la voz.

—Tal vez. Pero el caso es que no salía.

—Cuánta información me ha dado, ahora conozco más a Carmiña, muchas gracias.

—Estoy para ayudarla, y sigo pensando que se gastó el dinero que le dimos y ahora no sabe qué hacer.

—Nuevamente gracias, hasta cualquier momento —se despidió Griselda.

La abogada se dirigió al juzgado para solicitar ayuda a partir de lo averiguado. Habló con Georgina, quien al igual que todos/as a los/as que había consultado, consideraba que no había nada que hacer. Estaba más que enojada, quería contarle al mundo las formas de trabajo que sostienen quienes tienen un poco más, pero había una gran barrera interna que no se lo permitía. Griselda indagó sobre quién podría estar interesado en producir nueva jurisprudencia en relaciones laborales, así que se reunió con el juez Joaquín Rodríguez, quien durante los últimos quince años se había dedicado a fortalecer, desde las regulaciones estatales, el lugar de los/as trabajadores/as. Él la recibió en su oficina y la escuchó con mucho interés. Griselda no esperaba tener una gran respuesta, pero el sólo hecho de que la recibiera ya marcaba una posición diferente del resto.

Ella le contó brevemente quién era Carmiña y cuáles eran sus necesidades, también le comentó sobre el encuentro con la señora Radidca y cerró diciendo que esperaba que le pagaran una jubilación hasta que sus días se acabaran.

Joaquín la escuchó con mucha atención, lo primero que le atrajo fue que este tipo de relaciones laborales estuvieran a nuestro alrededor y no nos diésemos cuenta de ello, que parecieran correctas y hasta beneficiosas para las trabajadoras cuando ocultan relaciones casi de esclavitud; por momentos, y dado el afecto que se establece en el interior de los lugares que habitan, las trabajadoras aceptan estar más tiempo, hacer más cosas y creen que esa familia es la suya en vez de aquella que la espera cuando puede salir el fin de semana.

—El miedo a perder el trabajo y el afecto del día a día hacen que la relación que se establece sea entre amistosa y familiar, más que laboral. Estos lazos con directivas de un sólo sentido y sin una red de reglas que contengan las situaciones desde el otro lado, las hacen muy fuertes hacia los empleadores/as y muy débiles hacia las trabajadoras. Para ellas, el recibir una propina las hace sentir reconocidas, pero en realidad se trata de una formalidad para que la próxima vez también acepten: quedarse o limpiar fuera de hora o no tomarse el franco o trabajar sin parar o aceptar los gritos y la violencia, como en un mal día del señor o la señora —reflexionó Griselda.

—Es cierto, me cuesta verlo de esa manera, pero es cierto —dijo el juez asombrado de su desconocimiento.

—¿Podemos hacer algo? —preguntó la abogada.

—No creo que haya algo que hacer al respecto. Podemos intentarlo, pero no creo que logremos mucho.

—¿Por qué?

—Porque la mayor masa de trabajadoras y trabajadores en casas de familias, sólo lo hacen por hora, y si bien hay abusos, tienen su espacio personal.

—No entiendo.

—Las familias que contratan personal permanente son pocas y, en general, le pagan la jubilación, y en muchos casos permanecen en sus hogares hasta que fallecen. Estos trabajadores y trabajadoras son considerados parte de sus familias.

—Seguro, pero me parece que no son pocos; que hay más de una familia como la que empleó a Carmiña.

El juez se quedó con la investigación realizada por Griselda y Beatriz, acordando darle una respuesta luego de dos o tres días.

En su trabajo, Griselda le comentó a su jefe lo que había averiguado, y este le comentó que su abuela vivía con él en el mismo edificio, dos pisos más arriba, acompañada por la nana María, que lo había cuidado a él cuando niño. A ellas las acompañaban permanentemente Martina, Constanza y Felisa, tres acompañantes terapéuticas que, además de cuidarlas, organizaban a las kinesiólogas y mucamas que sostienen ese lugar.

—La nana María es parte de nuestra familia —dijo el jefe—, ella no tiene a nadie y mi abuela es ahora su única familia. Ambas se llevan rebien, son casi hermanas y lo que hace una, hace la otra. El médico, la kinesióloga y las enfermeras no saben que una es empleada de la otra, para ellos son dos hermanas, los que sabemos la diferencia somos sus hijos y nietos, y ninguno de nosotros va a sacar a la nana María del lugar que se ganó en nuestro corazón.

Cuántas historias, pensó Griselda, cuántas familias que viven desde otro lugar estas situaciones. Estaba asombrada, cuántas cosas había aprendido sólo por poner en marcha un tema. Al llegar a su casa, miró a su hermosa familia y sonrió por el día vivido.

* * *

—¡Qué terrible! —expresé, volviendo a la realidad de AAYUN y a la charla que tenía con Alma.

—Sí, la verdad es que nos estamos enterando de una forma

de vida que, hasta hace unos días, para mí por lo menos no existía —contestó Alma frente a su comentario.

—Pero, al parecer, podemos ayudar a Carmiña, esto debería alegrarnos —comenté, siempre buscando esperanza, otras posibilidades y nuevas puertas en mi camino.

—Pero ¿cómo te fue en tu paseo? —preguntó Alma, cambiando de tema.

—Muy bien, conocí a Miranda, exquisita mujer, y visité a mi tía que es una dulzura de persona —respondí, quitándole importancia a lo que había realizado.

—¿Y te trajiste información?

—Sí, mucha, pero además me traje muchas preguntas, por momentos parece que avanzo un paso pero retrocedo dos con la información que me va llegando. Siento como que aún no puedo ver los límites de los silencios. Y ustedes, en lugar de cerrar, abren más puertas —rematé el tema haciendo una broma sobre los últimos acontecimientos.

—No podemos evitarlo, las malas acciones y relaciones tapadas bajo la alfombra, con un viento fuerte que la corre, salen sin pedir permiso —Alma completó la broma con un dicho.

—Tengo que visitar a Inés en estos días, espero que su viento no levante más techados.

—Algunos son de cristal y pueden no resistir —completó la idea mi amiga.

—¿Qué hacen? —preguntó Stella cuando escuchó nuestra pseudoconversación formada con dichos que hacían de la dura realidad espacios menos conflictivos.

—Creo que eran tan duras nuestras reflexiones sobre Carmiña y Miranda que nos pusimos a jugar con algunas frases populares —intenté dar una respuesta para que no pareciera que estábamos locas.

—Es muy bueno sonreír frente a los malos momentos —aconsejó quien era la cabeza y no podía, ni por un segundo, salir de ese lugar.

—Yo sólo la ponía al corriente de los sucesos de estos días. ¿Te ayudo en algo? —le preguntó Alma a Stella.

—No, está todo en orden, salí a estirar mi espalda y a buscarme un café, al verlas tan conectadas y sonrientes quise llevarme un poco de su risa a mi día laboral.

Stella tomó su café y salió hacia su oficina, mientras Alma y yo seguíamos jugando con las frases.

* * *

Amelia hacía de acompañante en un juicio de tenencia en las oficinas del juzgado donde trabaja Georgina. La abogada del caso era muy buena, pero como sentían que podía haber problemas, ella y Esteban aprovecharon el momento para ayudar. La tenencia, tal como se preveía, fue hacia la madre, lo que provocó la ira del padre, que él mismo se encargó de demostrar en el juzgado.

Así que, como lo hacían siempre, el enojado salió primero. Su abogado intentaba que se serenara ya que podían imponerle visita acompañada, le dijo; eso hizo que se relajara un poco, aunque no quería salir sin hablar personalmente con su exesposa. Al ver cómo se estaba poniendo, el abogado decidió salir y acompañarlo hasta un auto, donde se encontraron con Amelia y Esteban. Ambos subieron al auto y le dieron la dirección. Amelia manejaba con mucha tranquilidad, la música también debía ayudar. Mientras avanzaban, Esteban le informó a Susana que estaba todo vacío, frase que indicaba que ellos observaban al padre todo el tiempo. Durante el viaje, el hombre se fue relajando y su abogado lo orientó para que buscara algún tipo de ayuda que le permitiera ver más a sus hijos, le decía que no alcanzaba con que les pasara dinero, que debía estar con ellos y hacerlos felices. Le dijo que sería bueno que buscara ayuda terapéutica para mejorar sus formas de relacionarse, ya que sus comentarios en el juzgado no habían sido del todo correctos. Cuando llegaron a la casa, el hombre ya estaba más tranquilo y sus acompañantes lo dejaron solo. Al avanzar, Esteban le avisó a Susana que ya estaba en su casa y que quedaba en manos de los guardianes.

Emprendiendo la vuelta al centro, Amelia le reconoció al abogado las buenas ideas que había ofrecido. Esteban también hizo un comentario sobre eso, y el letrado, al que conocían poco, les comentó:

—Soy abogado de muchos hombres que lentamente pierden la posibilidad de ver a sus hijos e hijas. Muchas veces, las madres hacen todo lo que está a su alcance para evitar el contacto entre el papá y los retoños. He visto muchos hombres destruidos al perderlos, y todo lo que espero es que una vez que las parejas se rompan, nada ni nadie rompa el vínculo que el papá tiene con sus hijos/as. A veces lo logro, y otras siento que las mujeres tienen mejores herramientas para resolver estas cuestiones. Busco día a día mejorar y conseguir que más padres continúen viendo a sus hijos/as. ¿Saben? —continuó el abogado—, muchas veces los papás pierden la posibilidad de verlos/as crecer a pesar de las buenas relaciones que entre ellos había antes de los divorcios. Sé que ustedes trabajan con la violencia sobre todo hacia las mujeres, me contó Stella, pero yo conozco otras damas que utilizan, y muchas veces mal, la tenencia de las infancias. A veces como venganza, otras como una forma de mantener la pareja a la distancia, otras como un botín de guerra. Todas formas de violencia en las que no hay agresión directa por la fuerza, pero aun así lo son. Conocí una señora que, a pesar de que su exesposo sostiene y con creces la crianza de su hijo, se mudó, y para que él pueda verlo debe viajar varias horas en auto. Otra sólo permite que vea a sus hijas por unas horas, cuando paga la cuota alimentaria cada mes, luego se niega o pone tareas de sus hijas en el horario que él no trabaja, y le deja ese día porque, si no, sabe que él irá al juzgado a pedir esos horarios que le corresponden. Conocí una dama que salía con sus hijos y su nueva pareja cuando visitaban a su padre, aduciendo que no podía separarse de ellos.

Los divorcios no son alegres, las parejas deben decirse que ya no se quieren, pero el hecho de tener que explicar que uno es un buen padre es muy complicado, y mucho más cuando las señoras no deben demostrar que son buenas madres. He trabajado con papás los últimos años y realmente me he sentido utilizado, maltratado, desconsiderado y presionado por las mujeres. A veces ellas también son violentas, muy violentas. Una de ellas le hizo pagar todos los costos de su embarazo para finalmente decirle que ese hijo esperado no era de él, sino de su actual pareja.

Amigos, la violencia es muy difícil de contener. Está a nuestro alrededor, y tanto hombres como mujeres la ejercen. Traten de no ponerse de un lado, yo estoy del lado de ellos y a veces me cuesta ser imparcial.

Amelia lo dejó hablar, parecía que tenía cosas para sacar. Ella se había sentido así cuando no todo salía como ella quería en los juzgados, pero además siempre estaba abierta a escuchar que las mujeres también eran violentas, y realmente los dichos del abogado la habían dejado sin palabras. Sólo pensaba que la crueldad era un fastidio y que debía ser castigada con la cárcel, que tanto hombres como mujeres deberían pagar por destruir la vida de otra persona.

Esteban estaba más tranquilo, primero porque ya había ayudado a este abogado a devolver a su hogar a algún muchacho que no se encontraba contento con la respuesta de los mediadores. A la vez, conocía esta parte de la historia que, como hemos visto, también forma parte de los silencios: el uso de los hijos e hijas por parte de las madres para obtener mayores beneficios en los divorcios, muchas veces más que crueles y sumamente violentas. Recordaba a María, que transitó un divorcio que ella solicitó, porque se encontraba enamorada de otro muchacho. Luego de avanzar el trámite, utilizó el hecho de tener una hija en común para quedarse con la casa y el auto de ambos; no sería tanto si fuese lo material, pero María quería destruir a su exesposo, así que dio más de una vuelta frente a las reuniones de custodia, siempre tratando de quedar bien parada, logrando que su hija no viera a su padre por meses. Ella les quitó la posibilidad de verse, de quererse y de crecer como padre e hija. A cambio, no le dio más amor a su hija, sino que la anotó en un colegio de tiempo completo para ella estar de luna de miel con su nuevo marido. No fue la más cruel con el exesposo, pero sí fue la más cruel con su hija, quien hoy, después de varios años de pelea, vive felizmente con su papá y concurre a una escuela de medio tiempo. Ambos son muy compañeros y disfrutan de viajar por el país en sus vacaciones. A veces, la crueldad tiene formas muy cotidianas y muy sociales, formas difíciles de reconocer.

Luego de dejar al abogado en su oficina, Amelia y Esteban decidieron relajarse un rato, y fueron a darle una mano a Antonia. Sabían que la cuidadora del comedor siempre necesitaba ayuda y ellos necesitaban ayudar para acomodar sus ideas. Unos minutos después, sirvieron los platos, uno de cada lado de la olla, colaborando con Antonia, que aprovechó la ayuda para conocer un poco más a sus alimentados.

"Frente a la crueldad de las personas debemos dar, porque en esa acción la crueldad pierde fuerza, ya que cuando ingresa en nosotros va haciendo pequeñas llagas que se secan y que forman cortezas que hacen que luego seamos inmunes a ella. Hay que tener cuidado", decía siempre Antonia.

Capítulo 5
No estamos solos

En el grupo de literatura que visito los viernes, trabajamos sobre los sentimientos que tenemos. A veces narramos, a veces escribimos, a veces nos narran, a veces contamos historias imaginarias y a veces alguien nos cuenta una historia real. Lo bueno del taller es que nos permite pensar finales felices. La intención es que si logramos pensarlo, podemos ponerlos en práctica. Nuestro narrador, amigo de algunas trabajadoras y trabajadores de AAYUN, nos contó sobre cómo un par de ellos se enamoraron, aunque al principio más de uno pensaba que no iban a ningún lado juntos.

Este es el relato de Ramón:

Los encuentros, si ocurren en la playa, seguramente tienen final de amor, a veces feliz, otras no, pero estoy seguro de que todas las veces es de amor. El cruce de estas dos vidas se dio totalmente por casualidad. Me gusta pensar que todo a nuestro derredor se confabuló para que ellos se conocieran. Ocurrió al mediodía, hora en que el hambre nos hace estar más distraídos que en otros momentos (temprano y a la tarde es más difícil, ya que estamos con las mejores luces para valorar lo que pasa), además la luz de ese tiempo es mejor y permite saber correctamente dónde estamos.

Quedó claro que fue un encuentro al mediodía, pero no fue ordenado sino totalmente conflictivo, ya que Joaquín, el dulce y tierno Joaquín, se cayó tras tropezar con Estela, quien después del golpe sólo gritaba por la torpeza del joven.

Joaquín, preocupado por lo ocurrido, frenó y dirigió la mirada al lugar del que venían las exclamaciones, diciendo:

—Perdón, lo lamento mucho, el sol me encandiló.

—¿Por qué no te ponés anteojos? —devolvió la voz, que no paraba de gritar.

—Perdón, perdón, soy un idiota, voy caminando sin mirar —dijo Joaquín, esperando que la señorita, que no cesaba de gritar, dejara de hacerlo.

—¡Mirá cómo me pusiste!

Joaquín miró y no vio nada, él sólo veía una chica sentada en la arena con un poco de polvo sobre sus piernas, pero como ella seguía gritando, se agachó a ver si, tal vez, más cerca, veía algo mejor.

—¿Qué hacés? —continuaron los gritos.

—Intento ayudar, no veo dónde te lastimé.

—¿Qué? ¿Me lastimaste? ¿Dónde?

—No sé, pero como gritás, parece que te lesioné.

—No te puedo creer, además de torpe, sos inútil.

—Mirá, chiquita, cada vez entiendo menos lo que sucede.

—Nada de chiquita, soy una señorita y me queda claro que tenés dificultades para entender, por eso mismo tropezaste conmigo.

—Sí, fue una gran desgracia no mirar bien y tropezar con usted, señorita. Que tenga un hermoso día —cerró la conversación Joaquín, continuando su caminata.

Unas horas después, el amontonamiento en la peatonal de la ciudad era importante, caminar se hacía una tarea titánica e intentar hablar era un gran desafío. Así que Estela y su amiga decidieron apurar el paso en fila de a una, en medio de la gente, para llegar a la confitería más rápido. En el apuro, Estela miró a quien venía detrás para organizar la parada y, al volver la vista hacia el frente, lo tenía pegado. Flor de golpe se dieron, se notó la velocidad que traía cada uno buscando un lugar mejor que ese.

Estela levantó la vista, su amiga la tomó de la cintura. Al mirar por encima del hombro, frente a ambas y pidiendo disculpas se encontraba Joaquín.

—¿Otra vez? ¿Me estás siguiendo? —dijo Estela, con voz de enojo.

—Eso debería decir yo, vos me chocaste —contestó Joaquín.

—En realidad, me viste venir, viste que me giré y te acomodaste para que te chocara.

—Perdón, vos pensás que el mundo gira alrededor tuyo.

—No te puedo creer, seguís siendo el mismo idiota que hoy a la mañana.

—Bueno, puedo haber sido parte del choque, pero no me ofendas.

—Ahhh, adiós —dijo Estela, ya sin palabras, porque haber dejado salir una palabrota la descolocó; nunca lo hubiera pensado pero lo hizo, realmente ofendió a alguien.

Cada uno siguió su rumbo. Frenar en medio de una multitud no era grato. Las personas golpeaban los cuerpos de los que estaban deteniendo el movimiento y no permitían el paso.

—¡Espero no verte más! —gritó Joaquín al alejarse.

Estela, todavía confundida, no contestó.

Pasados unos días, la fila donde Estela esperaba para pagar su compra en el supermercado iba muy lenta. Por momentos miraba las otras filas y se preguntaba qué sucedía. Decidió adelantarse y observó dos cosas: la primera, que una persona tenía problemas con su tarjeta, y la otra, que esa persona era el personaje con quien había discutido los últimos días. Lo miró y, al ver que él también la miraba, le dijo:

—¿Podés apurarte?

—Eso intento, pero el sistema tiene problemas con mi tarjeta —contestó Joaquín, algo nervioso.

—¿Tiene dinero? —avanzó Estela, entre enojada y poco comprensiva.

—Mire, señorita, si continúa, voy a solicitar una orden de restricción hacia usted —Joaquín soltó una frase algo formal por lo preocupado que se sentía.

—Ah, ahora me tenés miedo. Bueno, apurate —cerró la charla Estela, al tiempo que se iba hacia su carrito.

Cuando salió del supermercado, en la puerta se encontró con Joaquín.

—¿Qué problema tenés conmigo? —dijo él, a viva voz en la calle.

—Tu presencia es el problema —contestó desafiante Estela.

—Bueno, yo vivo aquí y no pienso mudarme, así que tenés que irte vos a tu casa.

Estela sonrió, aunque pensaba que iba a ser muy difícil vivir con él a la vuelta de cada esquina, y dijo:

—Yo también vivo aquí.

La cara de Joaquín se fue transformando, se relajó, tomó sus bolsas y se fue. Pensaba para sí que no había nada que hacer.

Estela hizo lo mismo, pero hacia el otro lado. Ella se dio cuenta de que su enojo hacia él estaba cambiando, hasta le parecía tierno.

Por su parte, Joaquín se preguntaba por qué le dedicaba tanto tiempo a esa chica que sólo le había gritado desde que la conoció.

A la semana siguiente, mientras acomodaba ropa que una clienta había dejado sobre el mostrador, Estela observó que en la puerta se encontraba Joaquín. Se acercó y le dijo:

—Por favor, aquí no, es mi trabajo.

—No entré por vos, vi algo en la vidriera para mi hermana, es su cumpleaños.

—Gracias, entonces ¿en qué puedo ayudarte? —contestó Estela, más tranquila.

—Vi una remerita azul en la vidriera, me gustaría que me ayudes con el talle.

Parecía increíble, hasta hacía unos días, cada vez que se miraban se peleaban, y ahora por primera vez hablaban sin agredirse, y hasta se presentaron.

—Hola. Joaquín.

—Un gusto. Estela.

—Te decía que quería esa remerita azul para mi hermana.

—¿En qué talle?

—No tengo idea.

—Mirame, ¿más grande o más pequeña que yo?

—¿Me permitís que te mida? —Joaquín se acercó con los brazos abiertos.

—Sí, aquí estoy —contestó Estela acercándose.

El mundo se paró, ambos temblaban y no entendían qué sucedía. Sintieron que una luz brillante los encandilaba y no les permitía ver. Cuando Joaquín tomó entre sus brazos la cintura de Estela, sintió como si su cuerpo lo absorbiera, así que se corrió rápidamente, intentando que nadie se diera cuenta de lo que le había pasado.

—Es un poco más pequeña que usted —le dijo nervioso, inquieto e intentando no demostrar las ganas que tenía de tomar realmente en sus brazos a esa chica.

—Muy bien —contestó Estela, sonriendo, tan nerviosa como él, con dudas como siempre y con la pequeña expectativa de que ese chico la mirara otra vez, para sentir esa corrida de electricidad por su columna.

Ella mostró sobre su estación de venta la remerita en todos los colores que tenían y, además, una que a ella le gustaba mucho y que no se encontraba en la vidriera.

—Quiero esa, pero ¿tiene en azul?

—No, pero hay un hermoso celeste, ¿es igual? —preguntó mientras se la mostraba.

—Me gusta, ¿puede ser para regalo?

—Por supuesto.

Mientras envolvía la remera, levantó la vista y se encontró con los ojos café de Joaquín. Sólo un instante alcanzó para que su cuerpo se sintiera atraído por esos ojos, nunca había sentido eso, por momentos presentía que no podría frenar lo que le estaba sucediendo.

Joaquín no podía dejar de ver cómo esa señorita, que lo había hecho enojar los últimos días, envolvía con tanto afecto el regalo de su hermana. Cuando sus ojos se encontraron, no dudó, a ella le estaba pasando lo mismo. Él no sabía qué, pero algo se estaba gestando en ese pequeño espacio compartido.

Unos minutos después, Joaquín salía y tomaba con fuerza el aire de la mañana para sacar de adentro la emoción reprimida, caminaba sonriendo a las vidrieras y hasta dio un pequeño salto en señal de que su vida había cambiado.

En el local, Estela cayó desarmada sobre la silla, se desinfló dejando salir un suspiro contenido, pero dejando la sonrisa en su rostro por el resto del día.

* * *

Todos y todas en el encuentro de narradores nos sentimos parte del romántico relato de Ramón. Le pregunté si el Joaquín era el que conocíamos ambos y la respuesta fue afirmativa. "¡Qué bueno!", comenté llena de felicidad e intentando que no se notara mi atracción hacia Ramón.

Saliendo de la literatura, en AAYUN, Stella saludó a Joaquín y vio que su mirada era otra. Él la registró a lo lejos y continuó su camino a la pequeña oficina del fondo del centro de estética, su lugar de trabajo. Él era uno de los terapeutas, su actividad era más individual, aunque le gustaba participar de los encuentros de grupo para escuchar las historias personales de las mujeres que ayudaba el centro. Esas conversaciones grupales muchas veces le brindaban ideas de trabajo con sus pacientes. Además, era un gran amigo de Ramón, el poeta del grupo.

Hoy sólo vendría Carolina, así que luego se dedicaría a poner al día sus papeles, ya que había varias cosas desordenadas en su escritorio. Al regresar de acompañar a su paciente a la puerta, se preparó un café para enfrentarse a una mesa de trabajo totalmente desordenada. Inició la tarea de ordenar tomando cada papel y realizando una clasificación de cada uno de ellos. Por momentos, sentía que la clasificación cambiaba como si el viento los moviera de un lado para otro. Intentó analizarse, pero se odió más, ya que no había viento, eran sus ideas las que iban de un lado al otro. Luego de un café y de realizar la pila varias veces, tomó una carpeta con solapas, colocó todos los papeles en su interior y se dedicó a revisar papelitos que se encontraban pegados por todas partes. Algunos eran notas viejas y comenzó a tirarlas. Al hacer esto encontró la dirección de la tienda del último cruce con Estela. Su cuerpo se enteró: vibró mostrando que tenía sangre. Joaquín se relajó en su sillón y pensó: ¡qué gratos momentos compartidos con esa hermosa mujer!

Después de un tiempo de recuerdo, decidió guardar ese papelito, lo pegó sobre la pantalla de la computadora. Allí lo vería siempre.

Luego encontró varios libros que debían volver a sus estantes, y para dar por terminada la actividad de la mañana, cambió la foto que tenía con todo el grupo de AAYUN por una pequeñita de él de paseo con su hermana. Miró al perchero y vio el regalo, recordó a Estela, la sintió en su sonrisa, en sus brazos y en sus pensamientos. Su mañana había terminado.

Ya había tomado su saco y se disponía a salir, cuando ingresó Stella en su búsqueda. Le comentó que lo necesitaba para que la acompañara a un rescate. Sin pensarlo, ambos salieron hacia la calle. Volvió su pensamiento hacia atrás, su mañana no había terminado.

Fueron a amparar a Luisa, que había llegado golpeada al hospital; una de las enfermeras, que conocía a Stella, la llamó.

Los dos se acercaron a Luisa en la guardia para ofrecerle compañía. Al ver a Stella, Luisa se tensó, pero la dulzura de

Joaquín hizo que la nueva conocida se relajara un poquito. Al llegar su nieto, se negó a verlo, esa fue la oportunidad de Joaquín de saber qué había pasado.

—Él es malo —dijo Luisa—, cuando se alcoholiza es malo.

—¿Qué pasó? —preguntó Joaquín, a solas con Luisa.

—Yo dormía en mi sofá favorito, él llegó y me tiró al suelo.

—¿Por qué?

—Cuando pregunté qué pasaba, me dijo que era una vieja de mierda y que no debía dormir en la sala. Intenté levantarme y me volvió a empujar, diciendo que si quería dormir que lo hiciera en el piso.

—No te puedo creer —comentó Joaquín, involucrándose en el relato de la abuela.

—Como yo gritaba en el piso, y lloraba, dijo varias veces que me callara, y al no hacerle caso me cacheteó.

—¡Qué horrible!

—Como continuaba agrediéndome, le dije que se fuera de mi casa, que iba a llamar a la policía, entonces me golpeó con la lámpara, aquí —dijo, señalando su cabeza.

—¿Se fue? —preguntó Joaquín, tratando de entender.

—No sé, cuando desperté, estaba en la sala, con sangre en la cabeza y él ya no estaba. Así que llamé a la policía, ellos llamaron a la ambulancia y aquí estoy.

Afuera, Stella hablaba con Fabián, el nieto, quien decía que no había querido lastimar a su abuela, que el alcohol hacía que se enojara con facilidad pero que era la primera vez que se la agarraba con Luisa. Ella era su única familia, no quería hacerle mal.

Stella lo miró y dijo:

—Casi la matás, no tenés límite. Hoy sos lo peor que tiene tu abuela, así que allí está la policía, yo comenzaría por hablar con ellos.

Stella dejó de hablar, ya que había visto a los agentes que se acercaban y no quería intervenir. Sin que ellos hicieran preguntas, Fabián los miró y les dijo que él fue quien golpeó a su abuela.

Mientras Fabián resolvía su situación con la policía, Stella y Joaquín se ocuparon de Luisa, la acompañaron dentro del hospital y no se separaron de ella. Un día después, Joaquín acompañó a Luisa a su casa y llamó al equipo de enfermeras voluntarias para saber quién podría ocuparse de ella por unos días.

La que llegó a la casa fue Sofía, que tenía las tardes libres. Podía ayudarla con las tareas del hogar mientras Luisa se ponía bien, la llevaría a la terapia y buscaría a alguien que pudiera estar con ella más permanentemente. Por ahora, todo era fácil, ya que su nieto estaba detenido, pero cuando saliera las cosas se iban a poner difíciles.

Después de un día de muchas dificultades, Joaquín se relajó para encontrarse con su familia en un lindo restaurante de la zona a celebrar su cumpleaños de su hermana. A pesar de que era una cena íntima, se encontraban unas veinte personas en una larga mesa dispuestos a festejar. A Joaquín le hubiera gustado saludar a todos/as de lejos, pero se encontró con gran parte de su familia y no iba a perderse la posibilidad de abrazar a cada uno/a. Cuando avanzó, se encontró con amigas de su hermana que conocía poco o que no conocía, tal es el caso de Estela, con quien en los últimos días había tenido varios encuentros.

Al verse, ambos quedaron impactados, era la segunda ocasión en que se veían y no se gritaban.

Estela inició la conversación:

—Hola, qué agradable encuentro.

—El segundo sin gritos. ¡Qué bueno! —contestó Joaquín

—Soy Estela, amiga de Nancy.

—Encantado —contestó Joaquín, tomando su mano y apretándola con la suya.

La situación no permitía serenarse y charlar, ya que la agasajada desde la punta solicitaba que eligieran la bebida, eso distrajo la conversación y obligó a Joaquín a sentarse. Él eligió ubicarse cerca de su cuñado y su sobrino, para hablar de deporte. Dejaría a Estela para otro momento.

Al volver a su casa, Joaquín no podía entrar en razón. Se preguntaba por qué sentía tanta necesidad de encontrarse con Estela. Pensaba en ella todo el tiempo, no podía cambiar de tema. De ser una persona sumamente puntual, se volvió sin querer en el que llegaba tarde a las reuniones, al trabajo y hasta al realizar sus actividades deportivas. Esto lo enojaba, ya que ponía todo su esfuerzo en llegar a horario y no lo lograba.

Cuando en AAYUN notaron el retraso, Stella se acercó a charlar.

—Hola, Joaquín.

—¡Qué buena visita!

—Estoy preocupada, me dijeron que hoy una paciente te esperó veinte minutos. Sabés que intentamos que esto no suceda, ¿no?

—Sí, Stella, sé lo importante que es ser puntual, pero estoy desordenado y no logro acomodarme.

—Te busqué una ayuda, hasta que vuelvas a tu ritmo.

—No es necesario.

—Mirá, yo sé, porque soy estudiosa, pero también sé porque soy tu jefa, y si no te alcanza, sé porque soy vieja, vos necesitás ayuda.

—Bueno, ¿quién es?

—Gabriela, está escribiendo, le va a hacer bien tener un espacio en un escritorio, así que me parece que ella puede sostener tu agenda, y nosotros le ofrecemos un escritorio para su escritura, ¿te parece?

—Siempre matando dos pájaros de un tiro.

—Es el objetivo de estar agrupados.

A la mañana siguiente, Joaquín recibió una llamada de AAYUN, era Gabriela confirmando su agenda del día. Mientras repasaban lo que iba a ocurrir y terminaba de tomar su desayuno, Joaquín pensaba en qué buena idea era tener una asistente. Le agradeció la llamada y le comentó que en veinte minutos estaría por allí.

Mientras se dirigía a su trabajo, no dejaba de pensar en Estela, ideaba formas de encontrarse permanentemente. Las idas y vueltas de su mente hicieron que perdiera un colectivo, así que los veinte minutos se hicieron media hora. Gabriela lo notó. No le dijo nada al respecto, pero al día siguiente lo organizaría con diez minutos más.

Cuando se vieron, se presentaron, aunque ya se conocían de las terapias grupales. No era bueno que su asistente fuese también su paciente. Como continuidad de su tarea, Gabriela le pasó una hojita con sus pacientes del día, ingresaron a su oficina y, mientras él leía la lista, ella apoyó en el escritorio un café y una botellita de agua.

—La señora Felisa tiene dificultades para caminar, a veces la ayudan las chicas de recepción, pero a mí me gustaría que podamos ir a buscarla a la entrada, me avisás y, si todavía estoy con paciente, ¿podrías ir vos?

—Será un placer hacer cualquiera de las dos cosas.

—El señor Bautista trae un termo con té, sería lindo tener una tacita en la oficina para prestarle.

—Perfecto, y cuando se retire habría que sacarla —comentó Gabriela organizando el día.

—Me gusta tenerte, me vas a ser de gran ayuda —contestó Joaquín con felicidad en la voz—. Estos son los pacientes de mañana, confirmalos y avisame.

—Muy bien, creo que su primer paciente ya está aquí.

Gabriela salió e invitó a ingresar a la primera paciente, la puerta se cerró y Gabriela comenzó a organizar su día, su tarea y su libro. Cuando sintió que su escritorio estaba ordenado, una vocecita suave la sacó del mundo en el que estaba.

—Hola, Gaby.

—Hola, Stella.

—¿Cómo estás?

—Feliz, creo que me gusta ayudar a un profesional.

—Bueno, si nos es útil, lo extenderemos al resto de los trabajadores.

—Cuando tengas un rato, necesito hacerte unas preguntas —le pidió con amabilidad a Stella.

—Te aviso, nos vemos.

—Nos vemos, Stella.

Cuando ingresó el último paciente de Joaquín, Stella se acercó a Gabriela y la invitó a tomar una taza de té en la sala de recepción interna. Gabriela aceptó gustosa, tomó su libretita y la acompañó unos pasos.

Cuando ya cada una tenía preparada su taza, Gabriela hizo la primera pregunta.

—¿Cómo se inició esto?

—Bueno, como ya sabés, la idea fue de la mamá de Miranda. Ella fue nuestro ángel salvador, con el paso del tiempo primero Miranda y ahora yo nos hemos hecho cargo de las decisiones organizativas, en algún momento otra se hará cargo de mi trabajo.

—¿Qué pasó cuando compraste la casa con la tía Felisa?

—Fuimos felices, para ese entonces estábamos trabajando con dos mujeres, una en el hospital y la otra ya estaba viviendo con nosotras, transitando la segunda semana.

—Había más profesionales trabajando.

—Sí, Virginia ya trabajaba con la mamá de Miranda, ella siempre ha estado a nuestro lado, me gustaría que fuese ella la que te cuente cómo llegó a trabajar con nosotras. También estaban Pedro, Esteban y Francisco, quienes tangencialmente siempre nos han dado una gran mano. Pedro colabora en el juzgado ayudando en salidas complicadas, Esteban traslada a quien necesita escapar por un rato y Francisco organiza terapias de juego para relajar las situaciones de crisis. Luego tenés que contar a todas las personas que aportan dinero silenciosamente para sostenernos, y hay que tomar en cuenta a las y los agentes que ayudan a veces —comenzó Stella sin mucha alharaca.

—¿Cuándo se inicia la academia de cosmetología?

—Después de que compramos la casita, tuvimos que salir una noche con Esteban a buscar a Clara y sus dos hijas. Una de ellas llamó a la policía cuando su padre llegó alcoholizado una noche y quería matar a Clara. A pesar del tiempo que demoró la policía en llegar, no logró lastimarla dado lo alcoholizado que estaba, y la presencia de una de las niñas que fue quien intentó resolver todo pidiendo ayuda. Los primeros momentos, la policía se encargó de todo al llevárselo a la comisaría.

—¿Quién les avisa a ustedes?

—Uno de los agentes, Santiago, me informa de la situación pidiendo nuestra ayuda. Allí fuimos. Al principio, Clara no quería salir, toda su vida estaba en esa casita, pequeña pero propia. Sólo accedió cuando Santiago le dijo que lo retendrían unas horas, que cuando se le pasara la borrachera lo mandarían de vuelta a su casa.

—¿Qué hiciste entonces?

—Juntamos las cosas importantes, realmente esperaba que Clara no volviera a ese lugar.

—¿A dónde la llevaste?

—La llevé con Miranda y su familia, ellos estuvieron muy contentos de recibirlas.

—Porque siento que ocurrió algo que nadie esperaba.

—Los primeros dos días todas estaban muy bien. Lucía, la mamá de Miranda, se sentía muy contenta, muy ocupada y muy agradecida de que Clara estuviese con ellos. Miranda sentía que era posible ofrecer algo diferente a esta familia, y Alberto comenzó a encariñarse con esas dos niñas que llenaron de ruidos, voces y afecto una casa desde siempre cariñosa.

—¿Vos colaborabas?

—Por supuesto, todos los días estaba por allí junto con Camila para ayudar, a veces nos quedábamos en la casa de Miranda, a veces salíamos a pasear por el barrio. Durante la primera semana, como siempre, todo estuvo bien, la situación se complicó cuando Jésica, la menor, comenzó a extrañar a su papá. Fue una caída en picada diaria, primero ella, luego Clara y finalmente Yanina. Cuando las tres extrañaban, se hizo complicado sostener el aislamiento. Se confabularon para llamarlo por el teléfono de línea y le dieron la dirección de la familia de Miranda, unas horas más tarde ellas estaban preparadas para que él pasara a buscarlas. No pudimos hacer nada, se fueron.

—¿Y todo terminó allí?

—Con ellas sí, no vinieron más, no tuvieron oportunidad.

—¿Cómo terminó este caso?

—Mal, como era de esperar —dijo Stella, tratando de preparar a Gabriela para lo que debía decirle.

Gabriela miró los grandes ojos de Stella, pensó que se había puesto triste por no haber sostenido y logrado que Clara se separara, y le dio tiempo para que, cuando estuviera lista, continuara.

—Unos días más tarde, fui hasta la casa para ver cómo estaban —prosiguió Stella—. Encontré una Clara más asustada que la que había conocido. Le pregunté si quería salir de allí y con una sonrisa me dijo que no, que sus niñas extrañaban mucho a su papá y por eso no quería separarlos. En el fondo, sabía que ella no tenía la fuerza para cambiar, que estar sola la asustaba y que tenía no sólo miedo de él, sino de la vida sin él.

—¿La viste otra vez después de eso?

—Por trabajo del centro, iba una vez por semana. Una tarde la encontré a ella y a él en el supermercado, ella tenía el brazo en cabestrillo y ocurrió lo peor que podía esperar, Jésica me dijo que su mamá era una torpe y que se había caído. Nosotras sabemos que no fue así, pero ¿cómo hablás con una familia tan enferma, que hasta los niños comienzan a mentir sobre la realidad de las situaciones?

—¿Continuaron viéndose?

—Sí, pero cada vez más limitados. A veces ni siquiera me abría la puerta, me hablaba desde la ventana y me pedía que me fuera. Yo salía muy mal, muy triste, pero no podés obligar a nadie. La invité en más de una oportunidad a participar de nuestras reuniones, sin éxito.

—¿Cuándo la dejaste ir?

—Nunca, está en mi corazón y me ayuda a diario.

—No entiendo.

—Una mañana, se comunicó conmigo Santiago para decirme que habían asesinado a Clara, que la hija mayor estaba en el hospital porque intentó ayudar a su mamá. Pregunté por Jésica y me dijeron que vendría una tía para cuidarlas. Si bien sabía la respuesta, pregunté quién la había matado.

—El esposo, ¿no es cierto? —preguntó Gabriela, necesitaba decirlo en vos alta.

—Sí, ahora está en la cárcel, tal vez no salga, pero Clara tampoco podrá ver crecer a sus niñas. La segunda semana es traumática y, si no mejoramos el acompañamiento en esos tiempos, nada de lo que hagamos podrá cambiarlo, me dijo una vez Lucía, y ese es nuestro desafío desde entonces.

Gabriela volvió a tomar su té, el silencio las envolvió. Stella recordó a Clara y a sus niñas, a las que esperaba volver a ver algún día. Joaquín se sumó con su café preguntando cómo les había ido.

—Bien, repasando nuestros errores, bien porque saber de ellos nos ayuda a no cometerlos más —contestó Stella.

—Triste, porque nuestro trabajo ronda las miserias de las personas, no cualquier miseria, sino la peor, la de las familias, la de los espacios de confianza, espacios que nos permiten relajarnos y ser felices, pero que para muchas familias esto no existe, ¡qué tristeza! —contestó Gabriela, con mucha angustia.

—Entonces, les apuesto que les gano en las embocadas —nos desafió Joaquín.

Gabriela iba a decir que no, pero los ojos de Stella le decían que tenía que salir de ese lugar de tristeza, así que se levantó, tomó las tazas y salió a buscar su cartera.

—Los veo en recepción —dijo.

Capítulo 6
El día de las madres

Las celebraciones reúnen. Después de tantas charlas decidimos juntarnos por ser el día de las madres. Le pedí ayuda a nuestra vecina Sofía, quien cocina muy rico, ya que no sé cocinar.

Los hijos vendrían, así que estábamos expectantes por estas llegadas. Cada una de nuestras madres también vendrían. Esperábamos ser unas cuantas mujeres, con algunos geniales varones que nos acompañaban en este proyecto.

A las nueve de la mañana, ya teníamos todo listo con Sofía, sólo nos quedaba esperar a que cada una llegara. Algunas llegarían después de pasar por el cementerio. Mientras tanto, nos pusimos al día compartiendo un poco del libro.

Una de las historias también había ocurrido el día de las madres...

...Unas horas antes, Virginia era despertada por un llamado de su hija, que se encontraba en el hospital. Iban a operarla. Virginia intentó conseguir más datos, pero su hija sólo le pidió que se apurara. Saltó de la cama, apenas se lavó, se vistió y salió apurada hacia el nosocomio. En el camino intentaba pensar qué le había sucedido. ¿Habría sido un accidente? ¿Una descompostura por comer algo en mal estado? Si se trataba de un accidente, ¿se habría lastimado una pierna?, ¿un brazo?, ¿la cara? ¿Por qué no habló más y le explicó cuál era su condición? A medida que se acercaba tenía más miedo, dudas y angustia por su hija, sólo esperaba que estuviera bien. Las personas pasaban a su alrededor y ella no las veía. Únicamente pensaba en Carolina, en su sonrisa y en la vida que llevaban juntas desde que se separó de su esposo y padre de Caro.

Al llegar al hospital, sus pensamientos se desarmaron. ¿Dónde buscarla? ¿Cómo buscarla? El lugar era muy grande, desordenado e imprevisible, se había construido y reconstruido con los años, y cada nueva sala se enmarañaba más. Solita, se sentó en el ingreso, totalmente destruida, su hija estaba mal y ella no sabía cómo encontrarla. De la nada comenzó a llorar.

—Hola, señora, ¿puedo ayudarla? Tranquila, todo va a pasar —le dijo el recepcionista, sin lograr que Virginia se calmara.

Puso su mano en el hombro y esperó a que se desahogara. Unos segundos después, Virginia levantó la vista. Parecía que lo escuchaba.

Entonces el recepcionista volvió a decir:

—¿Puedo ayudarla?

Virginia lo miró sin verlo, se secó las lágrimas y se levantó para escuchar mejor lo que le decía.

—¿Puedo ayudarla?

Ahora sí pudo emitir sonido, y dijo:

—A mi hija la van a intervenir de urgencia y no sé dónde buscarla.

Juan le sonrió, y tomando su mano la llevó hasta su escritorio.

—Mire, este es el plano del hospital, usted está aquí y necesita ir hasta este punto que señala mi dedo. El mejor camino es salir, dar la vuelta en la esquina e ingresar directamente por guardia, que es seguro por donde entró ella.

La cara de Virginia comenzó a tener color, le apretó la mano y salió sin decir nada. Unos minutos después, preguntaba en guardia por su hija. La llevaron aparte y una doctora le habló de la situación.

—Carolina llegó hace media hora con una importante hemorragia, aún no sabemos los daños ni las razones, porque ella no quiere hablar, pero creo que le han realizado un aborto, un mal aborto.

Virginia no entendía lo que sucedía, sólo quería ver a su hija.

La doctora le explicó que, dada la pérdida de sangre, la llevaron de urgencia al quirófano para atenderla, que debía esperar. La guio a la sala de espera y la dejó sentada.

Virginia se fue achicando minuto a minuto, en su mente sólo cruzaba la idea de que su hija estuviera bien. Que volviera a sonreír, ¡que volviera! Por momentos se decía que era una pesadilla y que en cualquier instante se despertaría, pero unos segundos después se daba cuenta de que la realidad era cruel, espantosa y difícil.

Luego de media hora de espera, una enfermera la fue a buscar para que pasara a la sala de ginecología, donde un médico hablaría con ella. La sala de espera, a diferencia de la de guardia, era más grande, con sillones para recostarse y música suave. Al elegir el lugar para sentarse, se decidió por un sillón de un grupo que tenía dos ocupantes. No quería estar sola, y sabía que el hecho de acercarse llevaría a la charla con las otras dos mujeres. Al sentarse saludó, casi emitió una pequeña y breve sonrisa. Inmediatamente, la mujer más grande le respondió el saludo y le preguntó cómo estaba.

—Mal, estoy mal, mi hija llegó con hemorragia y la están operando —dijo y agachó la cabeza.

—A mi hija también la están operando, perdió un bebé, murió en su vientre —relató una de las mujeres y luego, mirando a Virginia, agregó:

—Tranquila, todo va a estar mejor. ¿Un café?

—A la mía ya la intervinieron, está bien, pero debo esperar para verla, mientras cuido a mi nieto —comentó Juana, la otra mujer presente.

La primera mujer llevó tres cafés y una chocolatada de la máquina cercana. Se sentó y puso su mano en el hombro de Virginia.

—Mi hija va a necesitar mucha ayuda, y yo voy a estar allí para acompañarla —dijo Juana.

—¿Qué le pasó? —preguntó quien había llevado el café.

—El idiota del marido. Se ofendió por algo que dijo, la empujó por las escaleras, la trajeron inconsciente en la ambulancia.

—¿Y él dónde está?

—No sé ni me importa, sólo espero que mi hija mejore y lo deje.

Virginia escuchaba la charla de estas mujeres, y decidió participar:

—Yo soy terapeuta en un grupo de trabajo que ayuda a las mujeres vulnerables para que puedan salir de ese pozo en el que están. Voy a llamar a una colaboradora para que te ayude.

—Gracias —dijo Juana, pensando que era una pequeña agrupación y que harían poco por su hija.

—¿Y a usted qué le pasó? —preguntó la otra mujer, dirigiéndose a Virginia.

—Me llamaron hace un rato, parece que mi hija tiene una hemorragia, es todo lo que sé.

—¿Y la suya? —preguntó Juana.

—Parece que el bebé murió en el vientre, la están operando ahora.

Virginia se comunicó con Stella para pedirle que fuera por la hija de Juana, y le comentó lo sucedido con su hija. También llamó a su exesposo y padre de Carolina para ponerlo al tanto de lo ocurrido. Mientras realizaba estas acciones, comenzó a sentir que se hacía cargo de lo que estaba sucediendo, que, a pesar del dolor, de la incertidumbre y de no saber qué había ocurrido, el ponerse en acción hacía que bajase la tensión.

En los departamentos, Stella también se ponía en marcha. Inmediatamente llamó a Beatriz y Alma para organizarse, después salió al encuentro con Virginia. A su vez, Alma se comunicó con Gabriela para reorganizar el día, dadas las nuevas circunstancias.

En el hospital, la primera en recibir información fue la mamá de María. Su hija bajaría a sala en un ratito. Tal como sabían, su bebé había fallecido en el útero y le iban a realizar una autopsia para determinar las razones. Volvió y se desplomó en el sillón como si la vida de todas las presentes cayera sobre sus espaldas.

Virginia se acercó y, primero, acarició su hombro, para luego abrazarla. Unos segundos después, dijo:

—Llorá, llorar te va a liberar de todos esos sentimientos.

—No sé qué hacer ni qué decir —comentó Juana, como un pedido de ayuda.

—Sólo abrazala y querela —dijo Virginia, tratando de no llorar.

Juana también se acercó, tomó su mano y le dijo:

—Aquí estamos nosotras para acompañarte, no estás sola, no lo olvides.

Por un rato, se hizo silencio, ninguna de las mujeres hablaba, pero sus corazones latían intentando llevar el mismo ritmo. Cuando eso sucede, nos hacemos amigas. Ellas lo estaban logrando en un día terrible para sus vidas. Cada una podía pensar, dentro de su dolor, en el dolor de la otra. Todas eran madres, entendían lo que significa la empatía. A lo largo de sus vidas, sus corazones latían al ritmo del de sus hijos e hijas, y sabían cuándo estaban bien y cuándo no. No se unieron porque estaban tristes, sino porque cada una podía sostener a la otra en esos momentos de tristeza. A la mamá de María no le dolía haber perdido un nieto, sino que su hija hubiera perdido el hijo. La compañía hacía que ese dolor fuera más fácil de llevar.

Al tiempo que llamaban a Juana, llegaron Beatriz y Alma. En un primer momento, Virginia les contó de Juana y su hija Marisol. Luego le preguntaron por ella. Todo lo que les dijo era lo que sabía de la hemorragia.

Juana regresó. Iba a tomar su cartera para ir a llamar a algún familiar, y AAYUN ya estaba para ayudarla. Virginia tomó su mano, le pidió que se sentara y les contara lo que le dijeron.

—Mi hija está estable, tiene un brazo fracturado, y también dos costillas. La trajeron para esta parte del hospital porque estaba embarazada y con la caída se desprendió el bebé.

—Lo lamento mucho —dijo Virginia, mientras la abrazaba.

—Yo sólo quiero que ella deje a ese mal hombre.

—¿Viste que te dije que tenía un grupo de ayuda? Ella es Alma y va a ayudar tanto a Marisol como a vos a sanar todas estas heridas —le dijo Virginia.

—Lamento mucho lo ocurrido —le dijo Alma, sentándose del otro lado y tomando su mano.

Minutos más tarde, llamaron a Virginia. Junto con Beatriz, se levantó para escuchar a la doctora.

—Pudimos frenar la hemorragia, pero como fue parte de un aborto clandestino, está esposada a la cama —explicó la doctora preparando a la familia.

—Pero ¿por qué? —preguntó Virginia, ahora ella con la vida de todas en su espalda.

—Por ley aquí no están permitidos los abortos, estoy obligada a realizar la denuncia —aclaró la doctora.

—¿También denunciaron al hombre que tiró por las escaleras a su esposa y le produjo la muerte a su bebé? —preguntó Virginia a los gritos, enojada, furiosa y sin control.

—Mire, yo puedo hablar de su hija, de la otra señora hable con su doctor —respondió la médica, tratando de cuidarse del enojo de Virginia.

—Por supuesto que lo haremos. ¿Puedo verla? —comentó Virginia, aún enojada.

—En un rato —contestó la doctora, tratando de dejarla para que bajara su enojo.

Virginia volvió a su asiento, se desplomó. Beatriz se sentó a su lado, y las otras mujeres la rodearon para saber qué pasaba. Juana casi se fue a golpear a la doctora que todavía estaba allí. La contuvo Alma, con mucha fuerza.

La angustiada abuela miraba la escena y sentía que lo que le había sucedido era una de las posibilidades probables de todo embarazo, que nada externo había actuado sobre su nieto. La llegada del esposo de María hizo que se levantara y dejara el grupo por un rato, para ponerlo al día con la información. Unos minutos después, llegó el papá de María junto con sus hermanos. Armaron un pequeño grupo en un rincón mientras esperaban para poder verla.

Stella llegó con el papá de Carolina y se incorporaron al otro grupo. En este, todas fueron dando la información necesaria para que ambos estuvieran al corriente.

Alma tomó este momento de reacomodamiento para llamar a la policía y preguntar por la situación de Marisol. El oficial que la atendió le confirmó que no podían hacer nada si ella no hacía la denuncia, pero que mandarían a algún agente para realizar este trámite, si es que ella estaba de acuerdo.

Cuando llamaron a la familia de María, su mamá fue organizando a cada uno de ellos para ir a verla de a uno. Ella entró al final y, al volver, se acercó a Virginia para pedir su ayuda. La sala ya estaba vacía, todos se había ido a continuar su vida y sólo quedaban, nuevamente, las madres.

—¿Por qué querés mi ayuda? —preguntó Virginia, intentando que la mamá de María comprendiera la situación latente.

—Yo amo a mi hija, me llevo muy bien con ella, pero al hablarle me pareció que algo no está bien —comentó con dudas.

—Perfecto, pero sólo podemos ayudarla, si ella quiere.

—Entonces, me ocuparé de entender lo que pasó.

—Yo formo parte de un grupo de personas que ayudamos en esos casos. Aquí tenés mi tarjeta, llamame si es que ella necesita algo.

—Gracias.

Se quedaron con Juana, que estaba sola esperando que su hija hiciera la denuncia. A Virginia le permitieron entrar junto con su exesposo, ya que Carolina estaba en una sala común.

—¿Cómo estás? —preguntó Virginia, tomando la mano de su hija.

—Bien, salvo por esto —dijo Carolina, señalando las esposas.

—¿Qué pasó? —pregunto su papá.

—Realmente, no sé cuándo, siempre me cuidé, pero los preservativos a veces fallan. Tampoco sé con quién, pero sí sé que no quiero un bebé ahora. Así que averigüé de un lugar y solicité un turno. Me lo dieron para hoy temprano, fui hasta allí. Era un simple raspaje, estaba de menos de dos meses —Carolina se calló, sus ojos se llenaron de lágrimas y entonces su mamá la abrazó y su papá tomó más fuerte su mano.

—Tranquila, hija —dijo Virginia, tratando de contener la angustia.

—Cuando entré a ese lugar, ya sabía que algo podía no salir bien, pero ya estaba allí, así que continué.

—Tranquila, respirá, dejalo salir, eso ayuda —dijo ahora su papá, que parecía un terapeuta.

Eso las hizo reír a las dos y mejoró el clima del relato.

—Cuando entré, me hicieron quitar toda la ropa de abajo, no me dieron nada para cubrirme, me pidieron que subiera las piernas, no me hablaron, no me acompañaron. Parecían máquinas frías.

—¿Cuántas personas? —preguntó su papá.

—El doctor y una ayudante. El problema no eran las personas, era el lugar, hacía frío, yo estaba desnuda y me sentía muy sola. Mi ginecóloga me va hablando cuando realiza mis exámenes, me dice que va a colocar el espéculo, que va a estar frío, que me va a apretar. Pero ellos, no. Cuando colocó el espéculo y me quejé, me dijo que no lloriqueara, que yo sola me había metido en ese lío. Me sentí peor, estaba desnuda, por fuera y por dentro, y humillada por haber tomado una decisión que era sólo mía.

Carolina comenzó a llorar, todo el dolor comenzó a salir. Sus padres sabían que nada más podían acompañar. El camino era de ella.

Ambos la dejaron llorar un rato, mientras le acariciaban las manos, le acercaron pañuelitos y trataban de contener sus propias lágrimas.

—Así que me quedé en silencio hasta que terminó. Cuando sacó el espéculo, me tocó la nalga y me dijo, "ya te saqué tu problemita", y se fue. Su ayudante me dio apósitos y me señaló la puerta de salida. Me vestí rápido, sólo quería salir de allí. Al llegar a la avenida, pedí un taxi y cuando, a pesar de los apósitos, me noté manchada me vine al hospital.

—"Menos mal que viniste", me dijo la doctora, "si te hubieras ido a casa, tal vez no te habrías levantado".

—¿Dónde queda ese lugar? —preguntó Virginia.

—No te lo voy a decir, yo sola fui allí.

—Ellos casi te matan, ¿vas a dejar que maten a otra chica? —avanzó Virginia intentando convencerla.

—No, en eso tenés razón, pero…

—Hija, el tema no es que realicen abortos, el tema es que los hacen mal, no les dan información a quienes lo solicitan y no les importan, sólo valoran la plata que cada una de ustedes paga.

—Bueno, pero no se los voy a decir a ustedes, sino a quien se encargue de la investigación.

—Yo salgo un ratito, Alma quiere verte —comentó Virginia a su hija.

Virginia cambió con Alma y se quedó acompañando a Juana, ya que su hija aún no había vuelto. Juana estaba muy preocupada porque aún no había visto a su hija. Beatriz y Stella acompañaban la situación preocupadas y ocupadas, listas para ayudar.

—Gracias, Juana, sos una gran mujer —le dijo Virginia a quien la había contenido a su llegada.

—Vos también, ¿cómo está tu hija?

—Saldrá adelante, es una mujer muy fuerte.

La doctora llamó a Juana para ir a ver a su hija. Virginia cambió a Alma por Stella y se quedó un rato más afuera, con su exesposo y Beatriz, esperando a ver cómo continuaba todo.

Juana inmediatamente abrazó a Marisol, que estaba muy somnolienta pero valoró el abrazo de su mamá. También entró Federico, su hijo, quien se recostó a su lado.

—Mamá, hacé que papá no vuelva a lastimarte —le dijo, acariciando su cara con la de Marisol.

—Sí, eso voy a hacer, no quiero que te preocupes más —contestó sin dudarlo.

—Alma, ¿le das algo de comer a este niño? —le pidió Juana, para sacar a Federico de la habitación.

—Yo me encargo —contestó Alma.

—¿Qué sucede? —preguntó Marisol.

—En cualquier momento llega tu esposo y te convence de que todo va a cambiar, ya escuchaste al niño y tengo una noticia más: perdiste el bebé. Sólo quiero que hagas la denuncia para que, cuando llegue, lo saquen a patadas de aquí —le dijo rápidamente su mamá.

—Mamá, no es tan fácil —intentó frenar todo Marisol.

—Sí, es fácil, yo te voy a ayudar.

Juana no terminaba de decir esto que Alma volvió y con ella un agente para tomarle la denuncia a Marisol. Alma se presentó diciendo que era parte de un programa de mujeres que ayuda a quienes quieren modificar su situación de violencia, que la iba a acompañar en todo. La miró unos segundos y vio un pequeño gesto de aprobación en su rostro.

Pasó por allí la doctora y le pidió a las visitas que una se fuera porque eran tres, así que Juana le dio un abrazo a su hija y le dijo:

—Esta chica sabe un montón sobre nuestro problema. Confiá en ella, cuando termines yo vuelvo, estaré con Federico afuera.

Marisol la miró, sonrió y aceptó con la cabeza.

Alma y el agente se acercaron, Marisol realizó la denuncia.

Afuera, Juana se reunió con Virginia y lloró de alegría al ver que su hija estaba dispuesta a cambiar su situación. Adentro, Alma sentía el dolor de una mujer que había sido atacada por su familia en el interior de su hogar. Alma repasaba sus actos al escuchar los de Marisol, donde estas basuras van construyendo las murallas que separan a las víctimas de las posibles ayudas.

Hacia el mediodía, llegaron de la comisaría cercana a realizar los papeles del arresto de Carolina, que por ahora seguía en la camilla, mientras llegaban los del juzgado. Aprovecharon el momento para consultarle sobre el lugar donde se había realizado el aborto clandestino. Carolina realizó la denuncia completa, sin esperar nada a cambio excepto salvar su vida y la de otras mujeres.

Cerrando el día de las madres, Virginia se quedó a pasar la noche con su hija. Muy cerquita estaba Alma cuidando a Marisol para que Juana descansara junto a su nieto Federico. En otra habitación se encontraba María con su esposo.

En los departamentos, Stella y Beatriz, además de contar lo sucedido, celebraron el día de las madres. Stella brindó por cada una de las personas que pueden dejar su alma a un costado para cuidar el alma herida de otra persona, que no puede ocuparse de ella misma. Las mujeres no son madres por definición, eligen serlo cuando se ocupan incondicionalmente del otro, pero también hay hombres que hacen esta tarea. Brindemos por todos y todas. Juana los acompañó con Federico, ya que no quería estar sola en un día como ese.

Justo en el momento en que terminaba de leerle a Sofía la historia de Marisol, sonó el timbre. Eran nuestras madres, cuidadoras y cuidadores que trabajan cada día para que estemos mejor.

Capítulo 7
La hora de la justicia

Stella se reunió con Diana. Habían ido juntas a la escuela y, si bien no eran amigas, se reunían cada tanto para saber la una de la otra. Hoy Diana era policía y luchaba desde la fuerza policial por un mejor lugar para las mujeres; su lucha era complicada, ya que ese espacio permite que la violencia sea parte de verse un mejor profesional. Se había formado, además, en trabajo social y sabía de las dificultades de los pobres. Diana había acompañado en sus prácticas a Alma, y le había pasado algunos materiales a Beatriz al iniciar su formación. En palabras de Stella, era un bicho raro en la policía, pero hoy eran necesarios más policías como ella: sensibles, nada violentos y comprometidos/as con el otro/a. Policías que hablan de lo que pasa, que han dejado de callar. Policías preocupados/as y ocupados/as por el bienestar de las víctimas.

Diana ayudaba desde adentro en lo que podía. Recordaba siempre a la primera mujer que se acercó a ella para realizar una denuncia de maltrato. En ese momento, Diana, que acompañaba al agente encargado de realizar esas entrevistas, debía escuchar y aprender. La mujer había llegado con la boca ensangrentada y con un ojo hinchado. La hicieron esperar dos horas. Su compañero le dijo que eso era para que se relajara y pudiera relatar los hechos con más frialdad.

—Te evitás los sentimientos y que llore —explicó, con cierta molestia sobre estas emociones.

—¿No estamos para ayudarla? —interrumpió Diana a su compañero.

—Sí, también te vas a encontrar con mujeres que vienen hasta aquí a destruir a un hombre que no las quiso, que no les hizo un regalo o que salió con su amiga.

—¿A usted le parece que esa señora ingresa en alguna de sus variables? —preguntó Diana, intentando sensibilizarlo.

—Yo no estoy aquí para diferenciar a las personas, estoy para atenderlas y el protocolo dice que debo dejarla esperar dos horas para que se enfríe la situación —contestó el superior, demostrando que no hacía lo que se le daba la gana.

—Sí, recuerdo algo de eso, pero creo que debe cambiarse, creo que tenemos que actuar rápido, que debemos acompañar más a las víctimas y hacerles sentir que aquí están cuidadas —le contestó Diana con cierto enojo.

—Me gusta tu espíritu, pero decidiste ser policía y lo primero que tenés que aprender es a ser obediente, los protocolos son para seguirlos.

—Perfecto, pero permítame que eleve una nota para ponerlo en duda.

—Pregunte, señora, pregunte —contestó el agente, sabiendo que pocas cosas cambiaban.

Un rato después, hicieron pasar a la señora que esperaba para realizar la denuncia. Mediados por un escritorio, los tres se sentaron y el oficial comenzó a realizar las preguntas:

—Cuénteme cómo se hizo esas heridas.

—Discutí con mi esposo y las cosas se descontrolaron, me dio una trompada en la cara y cuando vio que me quedé tirada en el piso, se fue.

—¿Por qué discutieron?

—Él salió a realizar unas compras y al volver le cuestioné que no hubiera traído harina. Fue sólo eso, pero él comenzó a decir cosas sobre mi persona, cosas como...

—Vos no me lo pediste, lo hacés a propósito para después decir que yo no te escucho —dijo mi esposo con cierto disgusto en la voz.

—Yo te lo pedí, pero bueno, después iré a buscarla yo —contesté intentando explicarme.

—Claro, está bien, ahora entendí por qué te olvidaste de pedirla, para salir, así te mostrás por el barrio, así te mira el almacenero.

—Mirá, no quiero discutir, andá vos a buscarla —no quería calentar más el ambiente.

—Ahora me "mandoneás", ¡eso te gusta! —respondió, elevando el tono de voz.

—Hacé lo que quieras, yo voy a continuar con mis cosas —dije nuevamente, buscando terminar la pelea.

—Claro, ahora me dejás hablando solo.

—No te dejo, tengo cosas que hacer.

—Ah, como si yo no tuviera nada que hacer.

—Ya te dije que hagas lo que quieras, si te parece buscala, si no, iré yo más tarde… basta —dije, porque ya quería salir de esa situación; me imaginaba, ya veía, que todo iba a terminar mal.

—¿Podés decirme qué querés? ¿Qué estás buscando? —insistió él, ya en tono de enfurecimiento.

—Nada, no quiero nada, sólo trataba de organizar las necesidades del día.

—¿Y eso incluía que no me pidieras la harina para tener la excusa de salir? —me preguntó en un tono de nuevo más alto.

—Yo no quiero salir —insistí.

—Yo tampoco, así que arréglatelas sin harina.

—Mirá, yo voy, y después continúo.

—Claro, así les contás a todos que yo no te ayudo. Ahí querías ir, eso estás buscando —dijo esto a los gritos.

Caminé por la casa, buscando mi billetera para salir a comprar, mientras él me iba siguiendo, dejándome poco espacio para moverme. En uno de esos cruces me tomó de los hombros y me sacudió mientras me decía:

—Quedate quieta, no vas a salir.

Yo ya había sentido la violencia que tenía en su interior, así que intentaba zafarme para salir de la casa, pero no lo logré, me tomó de los brazos y me empujó contra la pared, y se quedó a mi lado.

—Calmate, estás loca.

—No estoy loca —le grité.

Me soltó, se separó un segundo y, cuando se volvió a girar hacia mí, venía con la trompada en su mano. Yo caí y él salió. Primero lloré en el suelo y luego tomé mis cosas y vine hasta aquí.

—Bien, señora, ya escribí todo lo que dijo, ahora lo imprimo y luego lo firma.

Noelia se secó las lágrimas, agachó la cabeza y se corrió del escritorio. Se volvió a sentar en el mismo banco donde había estado un rato antes esperando.

La impresión demoró un rato, así que ella tuvo que seguir aguardando con la cara lastimada en ese lugar. A la vista de todos/as los/as transeúntes, de otras personas que se habían acercado a realizar denuncias y de todos/as los/as oficiales presentes ese día.

Después de que el policía la llamó para pedirle que firmara la denuncia, por protocolo la trasladaron al hospital para que la revisara un médico. Diana se ofreció para llevarla y nadie en la comisaria se negó. Mientras se movilizaban, Diana le preguntó el nombre, ya estaba cansada de decirle "señora".

—Noelia —dijo entre lágrimas.

—¿Por qué llorás? —preguntó Diana.

—Usted es la primera persona que me trata como tal. Hasta recién sentía que me asistieron mirándome como si fuera una basura —aclaró Noelia, sintiéndose persona por un rato.

—Vamos, ya diste el primer paso, ahora hay que pensar en ello —trató de darle ánimo.

Al llegar al hospital, se encontraron en la puerta de la guardia con el esposo de Noelia, que se acercó a ella y le preguntó:

—¿Qué te pasó? —esperando a que ella dijera alguna de las mentiras que decía siempre.

Noelia lo miró y le dijo:

—¿Ya te olvidaste? ¿Ya se te pasó? Fuiste vos él que me golpeó.

—Fue sin querer, viste cómo me pongo cuando vos gritás.

—¿Me dejás pasar? Tengo cosas que hacer —dijo Noelia con una fuerza que no reconocía en ella, intentando separarse de ese hombre que durante años la había lastimado.

—No podés hacerme esto, yo te amo. Perdoname, por favor.

Diana se puso entre ellos delante de Noelia y se dirigió al hombre:

—Mire, señor, le han pedido que se retire. Por favor, váyase.

—Córrase, que quiero hablar con ella —dijo él, acercándose más.

Diana pidió ayuda, y el oficial que las acompañaba se hizo cargo del hombre. No lo dejó ingresar a la guardia y, luego de dar ingreso a Noelia, llamó a la comisaría para pedir más ayuda. Unos minutos después, otro móvil continuaba intentando que el esposo de Noelia se retirara, mientras se solicitaba una orden al fiscal. En estos casos, el tiempo es una variable importante, pero luchaban con el esquema judicial que a veces es muy lento.

Mientras atendían a Noelia, agradeciendo que hubiera ido primero a la policía y no a bañarse, los médicos documentaban las heridas para el fiscal. En medio de la atención, el compañero de Diana la llamó para contarle que el fiscal estaba yendo a verla, que esperaba que la señora aún estuviera decidida a continuar con esto. Diana lo calmó, relatándole lo que había pasado en la entrada.

El fiscal llamó a la puerta de la salita en la que estaban atendiendo a Noelia. Diana abrió y salió, pero antes le avisó a

Noelia lo que iba a hacer. Afuera, la policía le informó al fiscal lo realizado hasta el momento. Además le comentó sobre las formas policiales y le pidió consejo sobre cómo mejorarlas. Bautista, el fiscal, le respondió:

—Yo me peleo permanentemente con esas formas, con los malos tratos que reciben las víctimas por parte de la policía.

—Me gustaría que eso cambiara, me hizo sentir muy mal hacerla esperar con las heridas sólo por protocolo —le comentó Diana, preocupada.

—Acompáñala. Cuando terminen, me reúno con ustedes allí mismo.

—El esposo está en la puerta, ¿podemos hacer algo?

—Yo estoy preparado, tengo la orden de restricción.

Diana volvió con Noelia y el fiscal se quedó esperando en la puerta.

—¿Cómo va todo? —preguntó Diana.

—Ya están terminando —contestó Noelia, más tranquila.

La enfermera especializada en la recolección de la información pericial, terminó con las marcas externas de Noelia y la trasladó a la sala de rayos para tener información de todo el cuerpo, de otros momentos de su vida. Antes le consultó si alguna vez se había lastimado accidentalmente. Una vez realizada esta actividad, ambas volvieron a la salita en donde Diana y Bautista ya estaban acomodados para escucharla.

—Buenas noches, soy Bautista.

—Hola, soy Noelia.

—Diana me contó que usted ya realizó la denuncia, por eso estoy aquí.

—Sí, Diana me dijo que usted vendría y que seguramente tendría que contar todo otra vez.

—Lo lamento, Noelia, necesito escucharla.

Noelia, mucho más tranquila, fue relatando otra vez los sucesos de la mañana. Al terminar, Bautista le preguntó:

—¿Qué querés hacer?

—Quiero separarme. No quiero vivir más así —dijo Noelia, decidida a cambiar su vida.

—Voy a hacer una pregunta difícil. ¿A dónde vas a vivir?

La vida cayó en su espalda de golpe, no había pensado en eso y contestó:

—No sé.

Bautista respiró profundamente y se sintió devastado. ¿Qué podía ofrecer? Si no podía cuidarla mientras todo se resolvía, ¿cómo acompañaba? Si no había un lugar de cuidado para proteger a las víctimas. Diana, al escuchar la respuesta de Noelia, se rompió en mil pedazos. ¿Qué sociedad nos permite casarnos y, frente a las dificultades y a las necesidades de ayuda, nos deja en la calle?

Noelia entonces dijo:

—Voy de una amiga hasta que me ordene, consiga un trabajo y alquile algo personal.

Todos respiraron, parecía que Noelia estaba mejor de lo que cada uno creía.

—Yo sólo necesito que ustedes se encarguen de él, del resto me ocupo yo.

—Bueno —contestó Bautista, no muy convencido.

Tocaron la puerta. Al abrirla, Diana se encontró con Stella. Se sonrieron, se saludaron y salieron de la habitación para charlar.

—¿Cómo estás?

—¡Tanto tiempo!

—¿En qué puedo ayudarte? —preguntó Diana, pensando que estaba a cargo de la situación.

—Me parece que esta vez yo les voy a ayudar. Me avisó Luli que tienen una chica lastimada, yo estoy organizando un espacio de contención para las chicas que se animan a salir de sus infiernos.

—Pasemos y les contás —la invitó Diana.

Una vez dentro de la habitación, Diana los presentó y le permitió a Stella contar de qué se trataba su propuesta.

—Hola, Noelia, con algunas mujeres estamos organizando un espacio de cuidado para sanar al salir de un hogar violento. Sólo vos vas a saber dónde está, ya que necesitamos que los violentos no se acerquen. Tenemos cuidadoras, hay otras víctimas, terapeutas y una bolsa de trabajo. Todo comienza con un periodo de veintiún días de sanación en donde hacemos algunas de las cosas que ya hiciste, como la denuncia.

Stella le entregó una tarjeta al fiscal y le preguntó a Noelia si estaba dispuesta a trabajar por mejorar su lugar en el mundo. Con la respuesta afirmativa de ella, tomó sus cosas y se despidieron del fiscal y de Diana. Noelia dudó, pero volvió a darle un abrazo a Diana. Ya en su hombro, le dijo que había sido una gran policía. Diana la apretó contra sí y le contestó que había muchas cosas para cambiar.

Stella la llevó a los departamentos. Noelia pasó la primera semana junto a ella y otras seis mujeres. Mientras tanto, su esposo concurría todos los días a la comisaría a pedir datos sobre ella.

En AAYUN, Noelia inmediatamente se sintió mejor. Al levantarse peinaba y maquillaba a cada una de sus compañeras, sólo extrañaba sus tijeras y sus maquillajes. Habló con Stella para ver qué posibilidades había de retirar esto de su casa.

—¿Dónde vive tu ex? —preguntó Stella.

—Sí, pero no es su casa, no es nuestra, es mía —contestó Noelia con tristeza.

—Me parece que vas a tener que hacerte a la idea de no volver más allí. Cuando se avance en el juicio la vas a poder vender, pero ahora va a ser difícil.

—No quiero volver con él, no quiero volver a la casa, no me interesa. Quiero mis cosas solamente —dijo con claridad Noelia.

—Yo hoy hablo con el fiscal y veo qué podemos hacer —fue la respuesta de Stella.

—Gracias. Además, quiero trabajar en AAYUN, soy maquilladora profesional y puedo enseñar.

—Muy bien, vamos a ver qué podemos hacer —agregó Stella, ya de salida a su trabajo.

En su escritorio, Stella pensaba en lo bien que se encontraba Noelia. Tenía dudas sobre la cercanía de la semana dos, así que cuando charló con Bautista frente a los deseos de ella, tomó en cuenta esta realidad que se aproximaba. El fiscal le contó que el esposo la estaba buscando y que podía organizar algo con la policía.

Esa misma tarde, Stella invitó a Diana a una de sus reuniones semanales con las mujeres que se habían recuperado. Cuando Diana entró, no sabía dónde estaba, lo primero que pensó fue que se había equivocado de lugar, hasta que al llegar a la recepción y pedir por mejora corporal, inmediatamente salió Stella a recibirla.

—¿No me dijiste que era una charla? —comenzó la conversación Diana.

—Sí, ahora vamos, estoy encantada de que vinieras, espero que te podamos ayudar con tus dudas.

—¿Dudas?

—Sí, de cómo proceder para ayudar a una víctima.

—Ah, bien, gracias —contestó Diana, no muy convencida.

Primero dieron una vuelta por las instalaciones para compartir las características del proyecto, luego tomaron un café mientras se agrupaban las víctimas, finalmente escucharon los testimonios. Diana no lo podía creer, estas mujeres habían encontrado el formato, habían logrado defenderse, acompañarse y cuidarse entre ellas con ayuda de algunos de ellos. Estaba feliz hasta que le vio la cara a Stella.

—¿Qué pasó?

—Hoy hablé con Bautista para ir a la casa de Noelia y me dijo que podemos ir, pero que tenemos que hacerlo solas, la policía no nos va a acompañar.

—Solas no podemos, está buscándola, si la tiene cerca, tal vez la lastime —comentó Diana.

—Sí, estoy segura de eso, es un animal.

—Y si vamos todas, ¿Bautista te da una orden?, ¿no?

—Sí, él debe salir y ella puede ingresar sola.

—Si vamos todas y la cuidamos, si armamos un muro humano de cuidado, ¿con quién se va a pelear?

—Vamos nosotros también, me va a golpear a mí —acompañó Joaquín.

—Bueno, organicemos —dijo Stella, comenzando a tranquilizarse.

Unos días más tarde, con muchas llamadas de teléfono, invitaciones por las redes y preparación de pancartas, una masa humana se reunió a una cuadra para marchar hacia la casa de Noelia.

Cuando Noelia vio la cantidad de convocados, se emocionó, miró a Diana y le volvió a agradecer lo que hacía por ella. Su ser se sentía querido, amado como nunca, comenzó a entender que las situaciones de violencia estaban empezando a desaparecer.

A la hora señalada, todas y todos se adelantaron hacia la casa, caminaron lentamente, tratando de mostrar orden, paciencia, al tiempo que informaban lo que estaban haciendo a quienes les preguntaban: las mujeres y los hombres presentes se encontraban allí para acompañar a quien lo necesitara para salir de la violencia familiar, todos/as habían pasado por alguna forma de violencia, desde los silencios hasta los maltratos.

La tierra vibraba del movimiento, el barrio se conmovió al saber que su vecina sufría y ninguno/a de ellos/as había hecho algo para ayudar. La llegada a la puerta de la casa, en profundo silencio, alteró el horizonte de la vida barrial. Estaban poniendo en evidencia que la violencia nos rodeaba y que todos/as, de alguna manera, miraban para otro lado. Algunos/as de los/as vecinos/as se incorporaron a la marcha.

Stella llamó y le pidió al esposo de Noelia que saliera, que ella iba a ingresar a buscar sus cosas. Él se aproximó a la puerta, muy nervioso, y pidió que ingresara Noelia sola.

Noelia estaba detrás de la primera línea, al lado de Beatriz y de la mano de su mamá, esperando, en silencio, totalmente abrumada.

Stella le dijo que eso no iba a ocurrir, que por favor saliera y le permitiera a Noelia sacar sus pertenencias.

—¿Tiene una orden? Ella abandonó el hogar —preguntó desde la puerta.

—Si se acerca y sale, se la doy —le ofreció Stella.

Como no se acercaba, ni salía, Joaquín, Edmundo y Luis abrieron la puerta con la llave de Noelia y se acercaron lentamente al hombre. Él cerró la puerta. Desde afuera le pidieron que la abriera porque si no la iban a romper y la tendría que arreglar él. Continuaron hablando unos minutos, hasta que accedió a salir al patio. El esposo quería quedarse allí, pero le pidieron que no lo hiciera. Al ver que no iba a dejar ese lugar, lo levantaron entre los tres y lo sacaron a la calle, donde lo rodearon junto a las mujeres que allí se encontraban. Nadie lo lastimó, simplemente lo vigilaron e hicieron que se quedara quieto sólo con la cercanía de sus cuerpos. Cuando esto estuvo logrado, Stella y Noelia ingresaron a la casa, buscaron lo que habían ido a retirar y salieron.

Ya en la calle, se reunieron con sus acompañantes y se fueron hacia la avenida agradecidos de estar todos/as juntos para sacar la violencia de sus vidas. Frente a la casa, sólo quedó un hombre, que sintió todo el tiempo miedo de la muchedumbre. A pesar de la cantidad de personas presentes, ninguno lo tocó ni lo lastimó ni le habló; todos/as le demostraron que la fuerza del amor verdadero pasa, no choca, no confronta negativamente, sino que resuelve, acompaña, cobija.

Se sintió solo, muy solo, la multitud se había llevado la compañía, los afectos, la ternura del mundo para dejarlo vacío. Noelia pidió sus cosas, no tocó nada más de su vida. Él intentó amordazarla a su vida sintiendo que eso lo hacía feliz, no le preguntó, no se lo comunicó, sólo lo hizo, no le dejó defensa y al enfrentarlo, él terminó lastimando lo único que estaba a su lado.

Respiró muy hondo, a su lado ahora no había nada más que aire y hasta eso se sentía espeso, duro, desunido.

Sabía que había perdido definitivamente a Noelia. Y había aprendido que peor que te golpeen es que no te estimen, que te rodeen, no te toquen y no te quieran.

En la avenida, Noelia y Diana lloraban por haber resuelto de buena manera el problema que tenían. Que la solución no pasaba por golpear, porque las cosas también se resuelven tranquilamente. No podían luchar contra la violencia siendo violentas.

Unos días después, Diana se acercó a AYYUN para ver a Stella. Este nuevo encuentro tenía el objetivo de darle a conocer el nuevo protocolo de ayuda a las víctimas que se estaba proponiendo: en cada comisaría, debía haber un agente permanente para su atención rápida y su traslado al hospital para el registro médico y/o las curaciones necesarias.

—¡Qué bueno! —contestó Stella con los ojos llenos de ilusión.

—Ahora van a ser atendidas más rápido —comentó Diana, que no salía de su alegría.

—No te hagas muchas ilusiones, los cambios siempre son lentos —le aclaró Stella.

—Por supuesto, pero ya empezamos. Cambiando de tema, me llamaste. ¿Qué pasó?

—¿Recordás a Rocío, quien había terminado en el hospital por un aborto?

—¿Y cómo está?

—Mejor, ya no corre riesgo su vida, nos dijo la doctora que si se hubiera ido a casa se habría desangrado —dijo Stella con dolor.

—En ese caso yo no puedo hacer nada, sabés que es ilegal.

—Sí, también creo que si vos vas a hablar con ella tal vez te dé datos y podamos destruir ese lugar horroroso.

—Lo intento, pero si ella no quiere, no creo que sea posible.

—Sabés que no me preocupa que ella vaya a la cárcel, todos sabíamos lo que pasaba y no hicimos nada. Me preocupa que las chicas sean asesinadas por un mal médico —explicó Stella.

—Haré lo que esté a mi alcance, pero también debemos trabajar sobre la ley. Las chicas no deben ir a la cárcel, deberían estar en casa con sus familias —agregó Diana.

—Muy cierto, este es uno de los silencios mejor guardados de las familias, nadie quiere hablar del aborto, aunque todos/as sabemos que se hacen.

—Además, con prácticas dibujadas, los médicos realizan estas acciones en el mayor silencio y con los mejores cobros. El dinero acalla las voces de las pacientes y de los/as profesionales. Nadie se siente cómodo/a para decir en voz clara "yo realizo abortos" —dijo Diana con dolor.

—Me gustaría tener la posibilidad de dialogar con quien se hace un aborto para poder entender su posición. Darle mi apoyo si desea tener al bebé o tomar su mano mientras le realizan la práctica como acompañante. Me duele formar parte de ese silencio, espero con el tiempo poder mostrar todas las opciones para que quienes deciden realizar esta práctica hayan tenido la información necesaria para llevarla adelante con consciencia, y para que como grupo social hayamos logrado cuidar a las familias y a los niños y niñas que nacen con pocos recursos materiales —continuó Stella.

La última frase de Stella fue escuchada por Beatriz y Alma, que se acercaron a las dos mujeres con dos cafés en sus manos, uno para ellas y otro para compartir.

—Yo creo que esta sociedad es careta, los que donan lo que les sobra y no lo que el/la otro/a necesita, pagan sus abortos y silencios, y piensan que el embarazo es una dejadez de la chica miran al otro/a, al que no tiene, como su inferior, con desprecio —dijo Beatriz con enojo.

—Yo creo que nadie se pone en el lugar de la otra, de esa mujer que decidió realizarse un aborto, hablan como si ellas fueran divertidas y alegres a sacarse de su cuerpo algo que no les gusta —completó Alma.

—Acuerdo con ustedes, y además creo que la ilegalidad sostiene estos formatos, porque si fuese legal, yo podría ir a charlar con cada una de estas mujeres para ayudarlas a transitar sus dificultades, para intentar hacerlas cambiar de idea y/o para ofrecerles espacios de cuidado para ellas y sus niños/as, antes de darlos en adopción. Lo único que me impide hacerlo es la ilegalidad —aclaró Stella.

—Aquí conocemos muchas situaciones límite. Hace unos días participamos de una acción de acompañamiento, para Noelia, que me dejó sin aliento. Sabiendo que podemos expresar con claridad nuestras creencias, necesidades y hechos, creo que debemos llevar adelante más iniciativas como esa, intentando mostrar nuestra mirada —confirmó Beatriz.

—En lo particular, creo que en el trabajo por hora también hay algo de abuso por parte de los hombres, del que no se habla, y que es probable que algunas de las chicas que se hayan embarazado hubieran preferido tener la opción de abortar; y nuestra sociedad pacata las obligó a tener esos/as hijos/as, dándoles a entender que ellas eran las que no se cuidaron, mostrándolas como las que se pasaban del límite al intentar conquistar con sexo a los patrones. En realidad, a los varones de las familias de las patronas —aclaró Alma.

—Hay mucho trabajo todavía, tenemos que entender cada una de las situaciones y construir los muros de contención para lograr abrir los silencios —explicó Stella.

Después de un día agotador, ya en casa, Diana se comunicó con una amiga de la academia que trabajaba en la cárcel para comentarle lo que le había sucedido a Rocío. Su amiga le comentó que las chicas que ingresan por abortos están en un pabellón especial, que no tienen mucha seguridad y que una trabajadora social las visita periódicamente. Le pidió que se quedara tranquila porque no siempre son llevadas a la cárcel, muchas sólo se quedan en casa.

—Aquí, para nosotras, las trabajadoras carcelarias, los abortos no son delitos, así que en general son vistas como simples mujeres que tomaron una decisión compleja.

—¿Por qué decís "compleja"? —preguntó Diana.

—Porque somos una sociedad de dos caras, o careta como se dice en lo diario.

—No entiendo.

—Los abortos se realizan en dos lugares, en las clínicas más importantes del país con protocolos de discreción y con ganancias importantes para los profesionales intervinientes, allí sólo algunas pueden ingresar las que tienen recursos económicos. En el otro lugar, sitio lúgubre, espacio de médicos de segunda, que tienen en algunos casos matrículas negadas, que cobran menos que los anteriores, pero que también cuidan poco a sus pacientes. Allí van las mujeres pobres Quienes tienen dinero acceden al primero y también a las reservas que les permite el dinero. Yo las he escuchado hablar mal de las que se realizan abortos, sin ser capaces de ser honestas con sus acciones. Al segundo ingresan quienes no tienen dinero, muchas veces piden prestado, y muchas veces mueren por mala praxis. Al ser ilegal, el aborto deja a las mujeres solas y este es el mayor problema, no el aborto en sí, sino el no control sobre quienes lo realizan en unos y en otros. A nuestro alrededor flota en el aire el supuesto de que, si algo está prohibido, no se hace, no ocurre, es una práctica que no existe. En realidad, lo único que tenemos es el ocultamiento de la práctica que esconde más a las mujeres que pueden pagarlo y hace visibles a aquellas que son maltratadas —dijo Antonia, policía carcelaria, con bronca

—Entiendo tu enojo, y acuerdo con vos sobre la doble moral respecto del aborto —dijo Diana tratando de frenar la bronca de su amiga.

—¿Podemos hacer algo?

—Ya hay más de una organización haciéndolo, pero las que pagan no ayudan con sus discursos de cuidar al niño/a.

—No todas pueden pagar, creo que hay algunas mujeres que

realmente no se harían un aborto.

—Mientras haya niños y niñas que nadie quiere adoptar porque no son bebés, porque no tienen ojos celestes o porque no son blancos; mientras haya niños y niñas que mueren de hambre porque son muchos/as en casa y no alcanza para todos/as; mientras haya niños y niñas que deambulan por la calle porque los problemas que tienen los/as adultos/as de falta de trabajo, vivienda, alimentos y seguridad no les permiten acompañar la crianza; mientras sigamos como sociedad mirándonos más el ombligo que levantando la mirada para ver dentro de los ojos de la mujer que se realizó un aborto; mientras no podamos entender que el aborto produce dolor, pérdida y enojo, seguiremos siendo esta sociedad cerrada que deja a las mujeres solas en estas situaciones —se desarmó Antonia.

—Sí, pero algunas, las que pueden pagarlo, sobreviven.

—Igual, a pesar de lo que dije, creo que todas están solas, unas porque no quieren ir a la cárcel y las otras porque, a pesar de pagar y del silencio, nadie las acompaña en su decisión. El silencio se paga con soledad. Todas están solas.

—Antonia, vos no estás sola, yo soy tu amiga.

—Gracias, pero cuando me lo realicé, era muy joven y nadie sostuvo mi mano.

—Pero ahora sí. Y podemos ayudar a otras.

—Por supuesto, es algo que siempre quise. Gracias, siempre había querido decírselo a alguien.

—Gracias por confiar en mí.

Ha llegado la noche y ambas mujeres encontraron un remanso de paz en medio de la ciudad en la que habitan. Diana tenía mucho para trabajar y esperaba que lo aprendido con Stella la ayudara. Siempre, al estirar una mano, una mujer te extenderá la suya para que juntas puedan mejorar su situación.

Aviso "hay que extender la mano" para que otra la vea y ayude. Si no, nos quedamos solos, solas, frente a las situaciones de violencia.

Capítulo 8
La salida del arcoíris

Los viernes son días extraños, desde lo laboral uno se afloja un poco y va posponiendo todo hacia el lunes; al mismo tiempo, va organizando las salidas del fin de semana o el disfrute cómodo de su sofá. En los departamentos de AAYUN, los fines de semana son tiempos de reflexión conjunta sobre cómo están pasando sus días.

Alma y Gabriela estaban en los departamentos con niños, por lo que los sábados eran días de mucha actividad para ellas. Si el tiempo acompañaba, se juntaban en los jardines con los chicos y chicas haciendo juegos y manualidades, también se arreglaban las manos y los cabellos sin concurrir a la academia.

Ese sábado estaban de cumpleaños, así que a sus actividades habituales se les sumó la organización del festejo.

Bajo las órdenes de Gabriela, durante el viernes varias de las señoras y ella en particular ornamentaron el jardín trasero para el festejo de cumpleaños de Luis. Sus compañeros y compañeras, bomberos de la ciudad, también estarían presentes. Hacia la media tarde, todo estaba preparado para recibir a la mañana siguiente el mobiliario, la comida y a las familias.

Stella y Alma vivían en los departamentos de las mujeres solas. Los fines de semana trabajaban con la limpieza, con las compras de comestibles y con el arreglo de sus manos y cabellos. En esta oportunidad, Noelia se encargaba de las compras. Era la primera vez que salía desde la búsqueda de sus cosas de la casa donde había sido violentada. Así que, además de revisar las alacenas, le preguntó a cada una de sus nuevas amigas si necesitaban algo de la calle.

Una recién llegada se acercó avergonzada, y como no se animaba a contar su necesidad, Noelia dijo en voz alta:

—Tampones, toallitas.

—No, pero me vendrían bien, tal vez en la semana.

—Vamos, Vivi, pedí lo que necesites —continuó Noelia, con todo el amor que encontró en sí misma.

—Una bombacha —dijo, con lágrimas en los ojos.

—¿No tenés? —preguntó asombrada Noelia.

—Sí, me traje dos y las fui lavando —contestó Vivi, mientras se limpiaba la cara.

—Bien, vení, sentate aquí y contame qué sucede.

—Yo no podía salir, o mejor dicho no exigía salir, así que toda mi ropa interior me la trajo Juan. Yo ahora quiero una que sea mía.

—Muy bien, buscaré una para vos —le contestó Noelia mientras recibía el abrazo que Vivi le daba y que ella contestó con mucho afecto.

Detrás de ellas, Alma contemplaba la escena con ternura. Cuando Vivi se retiró a realizar su actividad diaria, Alma se acercó a Noelia para felicitarla. Noelia no estaba muy feliz, saber que alguien puede quitarte lo más íntimo, como lo es la ropa interior que una utiliza, la había descolocado.

—Así es, cada violento va quitándote cosas, lentamente, y cuando te das cuenta, las perdiste —reflexionó en voz alta Noelia.

—Si no te molesta, yo me encargo de eso —le dijo Alma.

—No hay problema, yo me voy al supermercado con Stella —respondió Noelia, que se movía rápidamente como una mariposa por el pasillo.

Unos minutos más tarde, reunidas en la puerta de salida de los departamentos junto a Beatriz, acordaban el horario de las diecisiete horas para la reunión con la señora de las ropas. Noelia salió más que feliz, se había dado cuenta de que ahora Vivi, junto con ellas, podría elegir la ropa interior que le gustaba. Se fue con un gesto cálido en su semblante de ser útil en los cambios.

Por su lado, Joaquín estaba acompañando a Fabián en los mismos departamentos, pero dos pisos más abajo, con un enfermero. Fabián se estaba desintoxicando. A los tres les esperaba un estresante fin de semana. A pesar de ello, Joaquín sabía que se encontraba en un buen rumbo, en un camino de buena relación entre Fabián y su abuela.

Para nuestro psicólogo, esta tarea implicaba más que hacer su trabajo. Era colaborar desde las acciones masculinas en la construcción de un mundo menos desequilibrado. En los momentos en que Fabián se encontraba menos ansioso y dormitaba, Joaquín llamó a Gabriela para que le diera más fuerza para continuar.

Camino al supermercado, Stella le consultó a Beatriz sobre cómo estaba funcionando la academia que gestionaba.

—Esta semana recibimos dos chicas, una más lastimada que la otra, y cada vez que suena el teléfono siento que regresa el capítulo más horroroso de mi vida. Aunque ya no me genera tristeza, ni desconsuelo, ni necesidad de volver, su recuerdo siempre hace que no olvide de dónde vengo —comentó Beatriz, aún estremecida por la semana vivida.

—¿Cómo vas llevando estos días? —consultó Stella, quien sabía que los aniversarios no son buenos días; siempre hay algo de luz y de oscuridad en ellos.

—En estos días han pasado por mí los recuerdos de los primeros días de matrimonio —dijo Beatriz con pena en las palabras.

Noelia la miró sin comprender, así que Beatriz se vio obligada a comentar algo. No iba a relatar la historia de su vida.

—Estoy atravesando el primer aniversario de mi separación, y estos días, los diferentes momentos de mi vida matrimonial se han ido acercando, y la pregunta sobre cómo soporté tanto tiempo los maltratos me persigue.

—Lamento haberte mirado interrogando, no tenía intención de hacerte sentir mal.

—Vos no tenés nada que ver, son momentos, me da la impresión de que en el calendario de mi vida hay una semana remarcada para que la recuerde permanentemente, y como ya lo habrás notado es esta —dijo Beatriz.

—¿Cuál es la fecha que más te ha molestado? —consultó Stella.

—Mi noche de bodas —contestó rápidamente, luego respiró y continuó—. No como vos lo imaginás. En la noche de bodas comenzó todo. Él tuvo sexo conmigo de manera tradicional. Yo pensaba que con eso era suficiente, llevaba dos días a full y sólo quería dormir y descansar. Estos sentimientos me hacían sentir rara, deseaba estar con él pero también deseaba descansar; por momentos, me sentía una mala novia. Se sentó en la cama, me miró, se sirvió un vaso de champagne y me dijo que yo era su esposa, que iba a beber con él y que iba a continuar teniendo el mejor sexo de mi vida. Mi cuerpo no respondía, no podía levantar un dedo, pero él continuó como si recién se hubiese levantado. No sé por qué, pero él tenía mucha energía, más de la que tenía generalmente, así que tuve que continuar. No me escuchó, ni ese día ni ninguno de los que siguieron —concluyó Beatriz, angustiada.

Durante las compras, cada una fue acompañando a la otra, mientras Stella hacía de mediadora, ya que sabía que ese desasosiego era sólo la punta del iceberg, que tenía que acompañarla más y hacerle ver que eso pasaba más de lo que ella creía, y que ella no lo estaba viendo. A pesar del crecimiento de Beatriz y su propio lugar, AAYUN 2, aún había que acompañarla, muchas miserias quedaban por descubrir.

Al volver, Stella se comunicó con Virginia para pedirle orientación y guía sobre el acompañamiento a Beatriz. Cuando pudo sentarse en el sofá a descansar, Noelia se sentó a su lado para solicitarle ayuda para recuperar sus títulos.

—¿Qué pasó con ellos? —preguntó Stella.

—Él los destruyó.

—Bueno, hay que comunicarse con las instituciones que te los otorgaron y pedirles copia —le explicó la hoy directora de AAYUN.

—Yo puedo encargarme —expresó Alma.

—¡Qué alegría! No sabía que era tan fácil —fue la repuesta de Noelia.

—¿Qué títulos tenés? —preguntó para tomar nota.

—Soy dermatóloga y cosmetóloga universitaria, tengo título docente y de grado en medicina.

—¡Wow! —contestó Beatriz.

—No te puedo creer —acompañó Stella, tan asombrada como Beatriz.

Beatriz aprovechó el encuentro con Stella y Noelia para comentarles lo sucedido el día anterior a última hora en su visita a AAYUN.

* * *

Nos encontrábamos en el patio con Amelia, ella me contaba todo lo que iba a ocurrir el lunes en la firma final del divorcio. También compartíamos un café, y repasábamos las acciones de AAYUN. Siendo la hora de cerrar las puertas del instituto, unos gritos que llegaban de la recepción nos sacaron de nuestra burbuja maravillosa.

—No podés haberme dejado así —gritaba Flavia, al tiempo que señalaba su pelo.

—Pero usted estuvo de acuerdo —le contestaba Jazmín, una excelente estilista y una dulce mujer.

—No, no pude haberte dicho que me cortaras el pelo tan corto.

—Lamento mucho que no lo recuerde, pero yo le consulté sobre el largo.

—Tranquila, veamos qué podemos hacer —dijo Amelia, acercándose a las dos mujeres.

—¿Sabe qué puede hacer? ¡Despedirla! —le contestó Flavia, intentando gritar más alto.

—Venga conmigo, vamos a sentarnos y a realizar la denuncia —dijo Amelia dirigiéndose a Flavia, sacándola del sillón y llevándola hacia el interior de AAYUN.

Beatriz acompañó a Jazmín hacia el área de descanso del personal, le manifestó que al volver el lunes le tendría una respuesta sobre lo que le sucedía a esa chica, que ella no había hecho nada mal, pero que había que ayudar a la señora.

Jazmín abrazó a Beatriz y le dio las gracias por estar allí. Los demás se acercaron para acompañarla y, al ver que todo se acomodaba, comenzaron lentamente a cerrar.

En el centro de AAYUN, Amelia hizo sentar a Flavia y le ofreció un té; para entonces estaba un poco mejor. Se sentaron cerca de la palmera del interior. A Amelia le parecía que ese lugar era mágico, sobre todo cuando comenzaba a oscurecer y la luz de la noche entraba por la claraboya. Amelia le pidió a Flavia que se tranquilizara, que tomara un poquito de distancia de lo ocurrido, y se alejó unos minutos para traer el té.

—¡Qué hermoso lugar! —comentó Flavia comenzando a estar más tranquila.

—A mí me parece mágico ese sofá a esta hora, sobre todo cuando comienzan a apagarse los ruidos del día y vienen las luces de la noche —acompañó la charla Amelia desde donde preparaba el té.

Unos minutos después, entró Beatriz y al mismo tiempo Amelia volvía de la cocina con las tazas de té. Las tres se sentaron, se repartieron las tazas y se acomodaron para charlar como si fueran grandes y viejas amigas. Amelia pensaba que algo le estaba pasando a esa mujer, y Beatriz estaba de acuerdo. No necesitaron decirse nada al respecto. Ambas, simplemente, la dejaron hablar.

—¿Cómo está la chica? —preguntó Flavia, volviendo a la calma.

—Bien, sus compañeros/as la van a llevar a su casa para estar seguros, pero en general está bien, es una gran persona —le explicó Beatriz.

—Es la primera vez que me pongo de esta forma en público. Soy súper exigente, pero con las personas que conozco, no con alguien que acabo de conocer y que realmente sólo hacía su trabajo.

—Sí, ¿me lo aceptás? Te queda bárbaro, me gusta mucho —comentó Amelia.

—Bueno, gracias.

—¿Puedo hacerte una pregunta? —dijo Beatriz, intentando no ser inquisidora.

—Sí, dale, ya estoy mucho mejor. ¿Qué tenía el té? —contestó Flavia, yendo y viniendo a toda velocidad por sus diferentes pensamientos.

—El té no tiene nada, es el lugar y la compañía —aclaró Amelia.

—Sé, por ser trabajadora de este hermoso lugar, que algo te está pasando y me gustaría ayudarte —dijo Beatriz.

—Cambié de trabajo medio obligada, y no estoy muy cómoda con el cambio.

—¿Por qué decís que medio obligada? —consultó Amelia.

—En realidad, les tengo que contar toda mi historia —dijo dudando.

—Nosotras trabajamos en AAYUN, es un espacio de acompañamiento para quienes tienen o sufren de violencia, y creo que vos has padecido de ella —explicó Beatriz.

—Trabajé durante años para un profesor universitario que era el jefe de un equipo de investigación. Él entraba y todo se detenía, tal vez por ser el jefe, tal vez por ser alto y robusto, tal vez por ser él quien te elegía. Tal vez por ser hombre. En realidad, sólo sé lo que me sucedía a mí: me aterraba, su sola presencia me ponía nerviosa. Nunca sabré por qué, pero creo que a mis compañeras les pasaba lo mismo y ninguna sabía las razones.

Él logró lo que muchos querían: tener un harén en nuestra sociedad. Tal vez se pregunten si teníamos sexo. Si bien es posible que alguna de sus asistentes lo haya hecho, no era necesario. Lo sexual se resolvía en otro espacio, aquí eran sólo *relaciones* laborales, pero era un harén. Todas girábamos a su alrededor, y todas como hermanas nos peleábamos por estar cerca. La frase del día: "yo le hice el café, las reservas, le ordené los papeles", y el resto sufría porque no lo había hecho. Podían ser días o semanas que una fuera la elegida. Pero en algún momento caía, y allí estábamos para ser seleccionadas por un día o una semana y sentirnos, en ese pequeño espacio de ocho personas, especiales por ese tiempo que él determinaba.

A pesar de que alguna de nosotras creía haber participado, él solo construyó el harén. Perdón, ¿recuerdan que les dije que aquí no había relaciones sexuales? En realidad, no había penetración, pero a todas se nos hacía agua la boca cuando se acercaba. Él había logrado hacernos parte de su vida, había logrado que cada una de nosotras perdiera su capacidad de decidir. Sólo esperábamos que él hiciera girar nuestra calesita.

Durante toda mi vida tuve la fantasía de las películas, de que alguien descubriera mi talento, no yo, no mi familia, sino alguien externo a mi vida. Esto fue lo que usó en mí. Lo que yo no sabía era que, si alguien te descubre, vos y tu talento le pertenecen, o por lo menos eso es lo que te hace creer.

Aún no reconozco mi talento, pero el que creyera que tenía uno hizo que él me convenciera de formar parte de ese sistema.

Gritarnos es poco, sus enojos implicaban que no nos hablaría por varios días, que nos dejaría de lado, que pasábamos a ser el último orejón del tarro. En esos momentos en los que él había logrado que nos sintiéramos unas basuras, si me hubiera pedido que asesinara, robara o maltratara a alguien, creo que por salir de ese lugar de abajo, lo habría hecho.

Se enojaba seguido. Muchas veces por tener mal carácter, no porque alguna de nosotras hubiéramos hecho nuestro trabajo. Pero eso hacía que nuestro lugar cambiara, ya que la que le sacaba una sonrisa pasaba a ser la primera. Esta dinámica hacía que la oficina fuera su harén, y cada una de nosotras, sus concubinas.

Yo sé cuándo y cómo ingresé. También sé, a pesar del tiempo que pasó sin estar adentro, lo importante que era para mi vida la atención, el combate diario por ese primer lugar y la creencia de que yo era importante para él.

En realidad, él sólo se quería a sí mismo. Tenía el harén como su juego en su lugar de trabajo. Un día se cansó, como todos los niños se cansan de sus juguetes, y acompañando la coyuntura me dejó ir.

—Los harenes son iniciados por una persona que puede ver en el otro su vulnerabilidad, pero son sostenidos por todos sus integrantes —comentó Beatriz intentando que pareciera una conversación.

—Cuando ingresé, había perdido mi trabajo hacía varios meses, y ya la vida y el contexto social se habían encargado de bajar todas mis expectativas, y todo mi afecto hacia mí también se había perdido. El haber ingresado me hizo la estrella de la semana, yo no podía dejar de sonreír. Entonces tenía trabajo, podía disfrutar de pagar mi sustento, mis deudas y mi madre me miraría distinto, ya no tenía que sostenerme. Ahora podía salir sin dar explicaciones, podía pagar mis salidas. Sonreía porque todas las otras me miraban y todas querían conocerme, tanta atención después de meses de dolor hacía que sonriera. Pero unos días después todo decanta, y esos primeros momentos de brillo dejaron ver que era una chica vulnerable, sin trabajo igual a las demás, no tenía otro talento más que estar doblada de dolor, ansiedad por no tener trabajo y acosada por el silencio de no tener nada que decir —continuó Flavia, sacando hacia afuera todo su sufrimiento.

—Vos podías trabajar mucho, pero cuando hay poco y se elige a los más formados para trabajos pequeños, quienes estamos empezando no tenemos ese lugar para poder trabajar y no podemos acceder al capital para poder formarnos más. Se establece un círculo que cada vez aplasta más a la persona, los silencios que no expresan estas situaciones son los que permiten que jefes de harenes las encuentren, las contraten y las aplasten más —agregó Beatriz.

—Todas construíamos y sosteníamos el harén, cada una desde su lugar quería ser primera por un rato, queríamos nuestros cinco minutos de fama. Al principio, seguía el juego porque eso hacía que hablaran conmigo. Cuando volvía de su oficina, debía pasar a comentar si me había mirado, si había sonreído, si lo había pasado bien o no, todo para que el resto evaluara, juzgara y participara. A veces, sólo por tener que hacer mi trabajo, no pasaba por la oficina en donde algunas de mis compañeras hacían sus tareas, entonces alguna se cruzaba para sostener nuestro harén, nuestro pequeño e hipócrita mundo de las chicas del jefe.

—El comentario permanente sostiene a quien está arriba, ninguna sube o baja sola, la primera intención la generaba él, el resto era sustentado por ustedes —acompañó Beatriz.

FLAVIA CONTINUÓ SU RELATO:

—Un día consideré que podía estudiar algo más y, sin decir nada a nadie, me inscribí en una clase de idioma, todos los días por las tardes. Concurrí hasta que una tarde me encontré con él al ingresar al instituto.

—¿Qué hacés aquí? —preguntó de manera inquisidora, como si alguien se le estuviera escapando.

—Estudio inglés —contesté con miedo, como siempre.

—¡Qué bien! Estoy algo apurado, nos vemos mañana —dijo rápidamente, y se fue.

—Nos vemos —dije, sabiendo que no debía haber comenzado estos estudios sin consultar.

Al día siguiente, no se me dio actividad laboral. Mis compañeras fueron citadas de a una para la distribución de tareas en la organización de un evento. Como yo quedaba para el final, suponíamos que me iba a dar la mejor actividad, y sobre esto versó nuestra charla de toda la mañana. Yo les dije que todo era parte de un juego perverso para lastimarme porque no le dije que estaba estudiando. Ninguna me creyó, hasta que, pasado el día, él no me dirigió la palabra. Yo ya sabía que era el fin —concluyó Flavia, con mucha angustia en sus palabras.

—Seguro que todas se fueron a casa consternadas por lo ocurrido y comenzaron a ver cómo se relacionaban y cómo parecían un grupo de abejas obreras alrededor de la reina —retomó Beatriz, permitiéndole juntar fuerzas.

—Discutimos estas posibilidades unos días, luego el propio trabajo, la vida y la comodidad de mantener una situación fue haciendo que cambiáramos de tema.

—Todos los temas que nos angustian al principio poseen mucha fuerza y luego van quedando en segundo plano —acotó Beatriz.

—Yo sufría cada día. Esperaba que él me llamara y me diera una actividad. Así que sólo hice lo de todos los días y esperé. Un día me animé, comencé a mandar currículum. Me invitaron a una entrevista laboral y, cuando volví, mis cosas estaban en una caja. Mis compañeras, muertas de miedo, ni pensaron que nos echaban por estudiar, por buscar otras opciones. Sólo sentían miedo por dejar de pertenecer a ese grupo, por quedarse solas, miedo a ya no ser parte. Ninguna me saludó, no tenían permiso. Nada más pensaban que podían perder ese lugar que él construyó convenciéndonos de que éramos mejores que los demás, que era suyo y no nuestro. Y el miedo de perder las hacía desalmadas conmigo. Salí de allí con la cabeza gacha, hasta sintiendo que había hecho algo mal. No había conseguido trabajo, pero tenía una nueva entrevista, así que simplemente me fui a casa a llorar —dijo, casi llorando.

—El disciplinamiento había servido, estaban más que dispuestas a trabajar, trabajar de más y a ser sumamente serviles. Es el peor caso de servidumbre que he escuchado —participó Amelia.

—Ayer almorcé con una de mis compañeras y me comentó sobre su última semana, en la que habían preparado una mesa redonda de celebridades del diseño. Fue un gran éxito, pero para quién, nos preguntamos. Sólo para él. Ellas trabajaron entre dieciséis y dieciocho horas diarias, que nadie reconoció. Mi salida había tenido ese efecto, el de hacer que ellas trabajaran más por miedo a ser las próximas en irse —avanzó Flavia.

—El miedo las rodea y no las deja pensar en sí mismas —explicó Beatriz.

—En estos últimos días, su competencia fue sobre quién trabajaba más horas. En lugar de discutir quién les pagaba el exceso de trabajo, discutían cómo hacer para tener más tiempo para él y su proyecto. El día de la mesa, trabajaron desde temprano por la mañana hasta muy tarde, cuando ya su vida, por todo lo que hicieron, se había desgastado. Él decidió que podían cenar todos juntos. Ellas se miraron: ¿quién diría que no? "Dale", contestó la más antigua mirándolas a todas, y así todas y cada una también asintieron, según me contó Betty. Creo que la charla con Betty recuperó mi pasado, mis tristezas y la angustia que no había sacado de allí.

—Yo también creo eso —dijo Amelia.

—¿Estará la señorita que me atendió para pedirle disculpas? —preguntó Flavia.

—No, ella ya se retiró, pero me gustaría que el lunes volvieses para que te arregle el pelo, te lo pegue y vuelvas a ser la mujer que entró por esa puerta —le dijo Beatriz en broma.

Todas sonrieron por la ocurrencia.

—Durante estos dos días serás una mujer nueva, una que no le debe nada a nadie, que tiene mucha fuerza en su interior y que acaba de salir al mundo a conquistarlo con su hermoso corte de cabello —agregó Beatriz.

Todas volvieron a sonreír.

—Volveré, pero no sé si quiero mi corte anterior —comentó Flavia, con alegría.

—Bueno, tenés un poco más de un día para averiguarlo —agregó Amelia.

—Gracias, son lo más —dijo Flavia.

—Gracias a vos, por confiar en dos extrañas —contestó Amelia.

—Ahora, a sonreír —agregó Beatriz.

Las tres salieron de AAYUN simplemente a transitar la noche del viernes. Sabían que ellas escribían su vida día a día, y eso les daba la seguridad que necesitaban para sonreír.

Amelia y Beatriz estaban invitadas al cumpleaños de Luis, por lo que su noche de sábado tenía dirección, amigos, amigas y la calidez de estar en casa. Al llegar, se acercaron a cada una y cada uno de los/as presentes para detenerse a mirarlos/as a los ojos y descubrir que su relación era de pares, de afecto y de sobrevivientes. Amelia siguió pensando en la relación laboral de Flavia, mientras que Beatriz se dejó perder en la música y, recién al llegar a su cama, retrocedió un poco para recordar a su nueva amiga y deseó que ella estuviera bien.

Sus deseos se cumplieron. Lo que más había actuado en la mente de Flavia fue la charla con estas dos excelentes mujeres. Se preparó una cena suave, miró una película en el sofá y se durmió como hacía mucho tiempo que no lo hacía. Descansó, su mochila había quedado en AAYUN y estaba decidida a no reclamarla.

Capítulo 9
De qué estamos hablando

El trabajo de investigar la historia de AAYUN movió todo mi mundo y lo puso de cabeza. Sentí por momentos que el día en que mi novio se violentó conmigo había sido ayer. Realmente las heridas del alma son mucho más profundas que las que tenía en el rostro y, creo, mucho más difíciles de sanar.

A lo largo de este camino de sanación, conocí lo que significa la violencia, lo que hace en cada uno/a de nosotros/as, y lo complejo de adentrarnos en cada una de las situaciones.

En este recorrido intenté describir la violencia como la invasión del espacio personal de uno/una por otro/a, a través de la palabra, el gesto, la decisión de no ofrecer dinero para manutención, el silencio, lo no dicho o lo implícito, el golpe, la ausencia, la posesión, las demostraciones de afecto negativo ("yo te cuidaba", "yo te dije que no usaras esa ropa", etc.).

A veces somos observadores pasivos de las escenas de violencia y no extendemos la mano a quien necesita nuestra ayuda, o bajamos la cabeza cerrando los ojos para no ver, o miramos sin tomar la decisión de colaborar con el otro. A veces callamos porque tenemos miedo de herir al otro, porque hemos aprendido que no siempre es bueno hablar y que la moderación es una virtud. Nos han enseñado que cada pareja es un mundo y que nadie debe intervenir en ese mundo propio y personal de dos.

Todas las personas tenemos un espacio que nos define, un espacio personal, en el que cada uno/a se desarrolla, crece, aprende, disfruta de la vida y acciona sobre el mundo. Hay otro espacio, que es público, en el que todos y todas compartimos con otros/as mientras nos desarrollamos, aprendemos, disfrutamos de la vida y accionamos sobre el mundo.

Cuando los que nos rodean en ese espacio público invaden, condicionan y desarman nuestro espacio personal, generan violencia sobre nosotros/as. Muchas de estas violencias son sólo comentarios, otras son maltratos escondidos en actos de "amor". Por ejemplo:

Elsa fue avasallada por los silencios de no saber que podía reclamar otra vida, creció pensando que ser empleada "con cama adentro" en una casa de familia era estar a disposición las veinticuatro horas del día. No le quedó tiempo o, mejor dicho, no le permitieron tener tiempo para crecer, aprender algún oficio y ganar autonomía. Que ella no supiera sostenía su situación. Las acciones de Elsa siempre estuvieron condicionadas por su trabajo, ella no creía que los pedidos de su hija eran una demostración de los derechos que ella no sabía que tenía y que su empleadora mantenía en silencio para sostener su trabajo de siete días por veinticuatro horas. Por otro lado, cuando su empleadora le ofreció mantenerla en negro, no le dijo que el día de mañana, cuando no pudiera trabajar, no iba a recibir ninguna ayuda. Sus palabras fueron: "Elsa, el Estado te saca esa plata y después te da miserias, fijate cómo reclaman permanentemente los abuelos".

Blanca fue dominada por una cultura social que no veía a los/as hijos/as de las empleadas en casas de familia. De empleadores que sentían que por pagar un salario, prestar casa y comida, eran dueños de la vida de estas personas. Que además se sentían superiores por formar parte de un matrimonio, en contraposición a Elsa, que se encontraba sola y con una hija.

Patricia fue abusada por un hombre que decía que la amaba. Un hombre que descargaba toda su ira sobre su persona. Un hombre que, día a día, en la construcción de su relación, fue ganándole espacio. Fue dejándole un rinconcito, sólo para que ella creyera que formaba parte de su mundo. En realidad, ella sólo formaba parte del espacio de desahogo que él requería en su vida.

Clara identifica a todas las mujeres que no hemos podido salvar, en ella identificamos a todas las abandonadas por una sociedad que sólo quiere ver la alegría.

Carolina fue avasallada al no recibir la información necesaria y completa sobre los abortos, al no existir regulación social, al no recibir acompañamiento y guía frente a un embarazo no deseado. En ese espacio de prohibiciones, personas sin escrúpulos no sólo realizan malas prácticas, sino que además humillan a las mujeres que se acercan a solicitarlo; al tiempo que les cobran, muchas veces, lo que no pueden pagar. En otros casos, las presiones de una sociedad que ve mal los embarazos fuera del matrimonio hacen que se pongan en juego prácticas abortivas que destruyen a la mujer en todos sus espacios: físico, emocional y social.

Noelia fue tratada injustamente en un espacio que debía ser de justicia. No fue acogida, sino desvalorizada por intentar denunciar a un abusivo. No se reconocieron sus derechos ni se ofreció orientación al respecto. Diana intentó acompañarla, pero su margen de maniobra fue mínimo. En este recorrido, Noelia se encontró con las manos extendidas del barrio en el que había decidido vivir. Y Diana coincidió con otros/as policías que querían modificar los protocolos y ayudar a las víctimas.

Flavia fue atropellada en una relación laboral violenta en donde los silencios y sus malas interpretaciones sostenían la intimidación permanentemente. Hacer bien tu trabajo, no contestar y ser buena: tres ideas que se habían construido a lo largo de su vida en todas las instituciones que ella frecuentó. En su familia estas acciones eran consideradas virtudes: sólo los hombres pueden a veces no hacer bien su trabajo, como una forma de sacar ventaja respecto de sus jefes; pero ella no; sólo los varones contestan, ofenden y reclaman, pero ella no; los hombres pueden ser malos, ella no. Encontró en el harén un espacio que cumplía con estos valores que ella había aprendido, quería demostrar a su familia que los había aprendido bien. Los harenes, como Flavia los llama, funcionan en más de un lugar de trabajo, y en tanto no hablemos a viva voz de los derechos de los/las trabajadores/as, ellos y ellas mismas sostendrán estas situaciones de violencia y maltrato. Porque nadie tiene que soportar a un jefe de mal humor, nadie tiene que estar más horas que las acordadas en su lugar de trabajo, nadie tiene que comportarse de manera sumisa en estos espacios.

Yo fui sujetada día tras día a través de una relación. Mi novio fue indicando el camino, yo lo acepté, no tontamente, sino condicionada por el propio contexto en el que crecí, que valoraba a la mujer que obedientemente aceptaba lo que el varón le decía. En cada concesión, mi novio sujetaba más mis movimientos, hasta que ya no podía hacer nada sin su permiso. Recién en ese momento, cuando su mundo y el mío eran uno solo, me percaté de que ya no tenía mundo. Esa nueva mirada fue vista por mi novio como un ataque a su persona. Él nunca había visto la violencia previa de él hacia mí, sólo pudo ver este freno a la invasión de mi vida planteado por mí.

A partir de la escritura del libro, fui explorando mis respuestas frente a las situaciones que me rodeaban, intentando ponerme en la piel de cada una de las mujeres que conozco, y en cada empatía, la piel quemada por mi supuesto novio se vuelve llaga. Comienzo a necesitar tomar distancia de lo que escribo para que el dolor producido por los silencios no me destruya.

Con cada página, comienzo a entender que la destrucción de estos espacios personales hace que las personas construyan espacios más flexibles (para que siempre parezca que todo está bien), espacios menos valiosos (si el otro lo destruye, no rompe algo importante), espacios falsos (porque no hay que demostrar que la persona violentada está sufriendo) y espacios de encierro (la víctima cree que es culpable y que debe ser castigada).

Mientras escribo, pienso que la violencia, cual monstruo, nos rodea. Si nos violentamos, el monstruo crece, si lo ignoramos se desarma.

¡Qué difícil es no hacer nada frente a la violencia enviada hacia nosotros para frenar al monstruo!

¿Y qué implica no hacer nada? Es agachar la cabeza. Es cerrar la boca. Es…

NOTA DE LA AUTORA

¡Los/as espero en el tercer volumen de esta novela!

Paula Mikitiuk

Este libro se terminó de imprimir en septiembre de 2023,
en Buenos Aires, Argentina.